Anni Reinhardt
Dr. Brunnwinckels letzter Fall

AF285194

Anni Reinhardt

Dr. Brunnwinckels letzter Fall

Kriminalroman

Bibliografische Information der
Deutschen Nationalbibliothek:
Die Deutsche Nationalbibliothek verzeichnet diese
Publikation in der Deutschen Nationalbibliografie;
detaillierte Daten sind im Internet unter
dnb.dnb.de abrufbar.

Stilistisches und künstlerisches Lektorat
Angela Hoffmann – www.Angela-Hoffmann.de

Rechtliche Beratung:
RA Meinrad Mayer, Frankfurt/Main

Buchblock und Buchumschlag
DigiBuchService, Hannover – www.digibuchservice.de

Herstellung und Verlag:
BoD – Books on Demand, Norderstedt – www.bod.de

ISBN: 978-3-7526-6985-5

Erster Teil

Nach einem langen und kalten Winter warten die Menschen und alles, was da lebt, auf einen warmen und sonnigen Frühling. Jetzt, Ende März, haben bereits die ersten warmen Sonnenstrahlen die schlafende Natur geküsst und sie aus dem langen Winterschlaf aufgeweckt. Schneeglöckchen und Märzenbecher haben den ersehnten Frühling mit ihren weiß-grünen Blüten bereits eingeläutet. Mit ihrer ganzen Farbenpracht leuchten die Primeln in Hausgärten und Parks wie bunte Kristalle. Zu ihnen gesellen sich Narzissen in ihrem gelben Mantel und blaue Veilchen verströmen ihren zarten wunderbaren Duft. Die Amseln und Staren feiern Hochzeit und bauen bereits an ihren Nestern. In der Frühe des Tages versammeln sie sich zum Morgenkonzert. Auch Birken und Lärchen erwachen aus ihrem Schlaf und strecken ihr zartes Grün der Sonne entgegen. An Bächen und Flussufern treiben Fasanen mit ihrem bunten Gefieder ihr Spiel und verstecken sich hinter blühenden Lenzrosen. Weidenkätzchen erfreuen sich unzähliger Besuche fleißiger Bienen und Nektar liebenden Insekten. Und am Waldrand grüßt majestätisch der Seidelbast, eingehüllt in seine violetten Blüten.

In diese herrliche Oberschwäbische Landschaft fährt am Dienstagabend der letzte Zug der Hohenzollernbahn. Am Himmel streiten Blitz und Donner um die Macht. Ungewöhnlich, ein Gewitter zu dieser Jahreszeit! Wer weiß, was das Jahr noch alles im Gepäck bereit hält. Endlich, es regnet. Dicke Regentropfen tanzen auf den Fenstern der Eisenbahnwaggons. Der Zug fährt langsam in den Bahnhof ein. Durch das Mikrofon ertönt eine Frauenstimme: „Bad Saulgau, Bad Saulgau". Die noch sehr junge, hoch gewachsene Frau neben der Eingangstür steht auf, zieht ihr Kopftuch, mit dem sie ihr schönes schwarzes, zu einem Zopf geflochtenes Haar bedeckte, weiter in ihr blasses schmales Gesicht und setzt die Sonnenbrille auf. Sie hätte sie eigentlich nicht gebraucht, der Tag war bereits vergangen und der Mond ist noch auf der Suche nach einem passenden Plätzchen für die Nacht. Nur den beigefarbenen Mantel kann sie nicht schließen. Ihre Körperrundungen verraten, dass ihre Zeit gekommen ist. Die Geburt steht kurz bevor. Mit wenig Gepäck, sie hat nur das Nötigste dabei, verließ sie das Bahnhofsgebäude. Zum Glück regnet es nicht mehr. Doch wohin jetzt? Seit sie vor zehn Jahren hier bei ihrer Tante die Ferien verbrachte, hat sich Vieles verändert. Sie geht geradeaus, dann auf der Hauptstraße in Richtung Johanneskirche. Jetzt muss sie stehen bleiben. Warme Flüssigkeit durchnässt ihre Unterwäsche und rinnt an ihren Beinen hinunter. Leises Ziehen im Rücken und ein heftiger Schmerz im Unterleib bestätigen es: „Beeile dich, es ist bald soweit." Bei dem Denkmal Marie Theresie hält sie sich fest und atmet tief durch. Nur noch einige Schritte bis zu der Wohnung der Tante. Geschafft. Das kleine mit Liebe gepflegte Häuschen mit blauen Fensterläden und kleinem Gärtchen steht etwas versteckt hinter modernen Neubauten. Jetzt nur noch den Schlüssel finden, den die Tante hinterlegt hatte, ehe sie einige Tage in den Urlaub fuhr. Es hilft nichts, sie muss stehen bleiben, wieder dieser grausige Schmerz im Unterleib. Endlich findet sie den Schlüssel. Jetzt zittert sie am ganzen Körper vor Angst. Was wird geschehen? Sie weiß es nicht. Hunger plagt sie nicht, obwohl sie den ganzen Tag nichts essen konnte. Aber jetzt, ja, jetzt wird sie viel Kraft brauchen. Und wenn ich es nicht schaffe, denkt sie, ja, dann wird mich die Tante schon finden. Tot oder lebendig. Schon wieder dieses Ziehen im Unterleib.

Sie hatte viel über die Geburt gelesen und war in ihrer Ausbildung als Kinderpflegerin oft dabei gewesen. Doch es ist etwas ganz anderes, es selbst zu erleben und dabei die Schmerzen zu ertragen. Jetzt nur noch schnell ausziehen, die Heizung hochstellen und das Bett mit der Unterlage abdecken. Sie hat alles mitgebracht und an alles gedacht. Das Abnabelungsbesteck packt sie aus und legt es in greifbare Nähe. Jetzt kommen die Wehen, eine nach der anderen und die Schmerzen sind unerträglich. Keiner ist da, der die Hand hält, ein liebes Wort sagt und die Wangen küsst. Das ganze Jammern bringt nichts. Aushalten heißt die Devise. Schreien möchte sie, doch wozu? Es hört sie niemand. Sie atmet tief ein und aus. Die Presswehen kommen eine nach der anderen. Jetzt wird es ernst. Sie hält sich mit beiden Händen an ihren angewinkelten Beinen fest, atmet tief ein und presst die Leibesfrucht aus ihrem Körper heraus. Nun liegt sie im restlichen Fruchtwasser und Blut, restlos erschöpft. Eine Hebamme müsste jetzt das Neugeborene versorgen, aber nein, sie ist ganz allein. Allein im Verborgenen. Es ist dunkel im Zimmer, nur eine Lampe steht am Boden. Niemand darf ihre Anwesenheit bemerken. Mit großer Mühe greift sie zu der anatomischen Klemme und Schere und durchtrennt die Nabelschnur. Das kleine Wesen „Mensch" gibt noch keinen Muckser von sich. Erst nachdem sie das Näschen und den Mund säuberte, meldet sich das kleine Wesen leise. Emma nimmt das kleine Mädchen in ihre zitternden Hände und legt es auf ihre nackte Brust. Ihr Körper ist mit Schweiß bedeckt und völlig erschöpft. Vor Kälte zitternd zieht sie das Oberleintuch bis zum Hals hoch und bedeckt somit auch ihr Kind. Sie betrachtet es eingehend und säubert die letzten Reste von den Augen des Neugeborenen, das bereits wieder eingeschlafen war. Die Geburt ist Schwerstarbeit für das kleine Wesen Mensch und natürlich auch für die Mutter.

Marie, ja, so sollst du heißen, dabei streichelt sie die rosigen Wangen und hält die winzig kleine Hand fest. Tränen kullern über ihre Wangen. Nur behalten kann ich dich nicht, so gerne ich es möchte. Ich werde dich nicht lieben können, denn bei jedem Anblick würdest du mich an jene schreckliche Nacht im Park erinnern. Ich ging von meiner Spätschicht nach Hause. Es war noch nicht dunkel, aber auch nicht mehr hell und ich nahm die Abkürzung durch den Park, um nach einem arbeitsreichen Tag schneller Daheim zu sein. Plötzlich packte mich jemand von hinten und drückte einen mit Chloroform getränkten Wattebausch auf mein Gesicht. Als ich wieder zu mir kam, lag ich hinter einer Eiben-Gruppe, war mit Blut verschmiert und halb nackt. Mein Unterleib schmerzte. Das berühmte „erste Mal" hatte ich mir weiß Gott anders vorgestellt. Und jetzt? Wohin sollte ich gehen? Schmutzig und mit zerrissener Kleidung taumelte ich in meine kleine Wohnung. Noch ganz benommen warf ich die Kleider weg und stellte mich unter die Dusche. Das Wasser lief und lief, aber ich fühlte mich immer noch schmutzig. Vielleicht hätte ich doch zur Polizei gehen sollen. Nach 4 Wochen blieb meine Regel aus und ich wusste, dass ich schwanger war. Ich war 16 Jahre alt. Eine Anzeige gegen Unbekannt, was hätte das gebracht? Es wird immer über die Täter gesprochen, die Opfer sind bald vergessen. Oder es fällt der Satz: Selber schuld. Abtreiben hätte ich auch können und jeder hätte es verstanden. Dann ist da noch die Scham, dass ausgerechnet mir so etwas passieren musste. Nein, Marie, du sollst leben! Du unschuldiges Wesen. Ich hoffe so sehr, dass sich jemand findet, der dich lieb hat und dir mein Schicksal erspart bleibt. Ein heftiger Schmerz durchzog erneut ihren Körper, als die Nachgeburt kam.

Sorgfältig wickelt sie nun das Kind in ein Tuch und versucht, aufzustehen, um sich zu waschen. Völlig verschmutzt setzt sie sich zuerst auf die Bettkante. Sie ist zu schwach zum Aufstehen. Mein Gott, ich muss, ob ich will oder nicht. Eine Dusche, ja, das wäre gut, vielleicht in zwei Tagen aber heute, nein, nur noch waschen. So schiebt sie den Stuhl zum Waschbecken und versucht es im Sitzen. Ja, so geht es, es muss. Sie zieht die Unterwäsche hoch, legt die Einlagen, die sie mitgebracht hat, vor und zieht sich warm an. Kurze Pause. Die Beine können den geschwächten Körper nicht aufrecht halten. Notdürftig wäscht sie das Neugeborene im Waschbecken und kleidet es mit Hemdchen, Strampelhöschen und weißem Käppchen an. Dann nimmt sie die blaue Falttasche aus dem Koffer, polstert sie mit einem warmen Fell und legt das Kind hinein. Das goldene Kettchen, das einzige Erbstück ihrer allzu früh verstorbenen Mutter, legt sie ihrem Kind in die Tasche und einen Zettel dazu: „Ich heiße Marie". Mit dem Weihwasser zeichnet sie dem Kind ein Kreuz auf die Stirn und spricht: „Marie, ich taufe dich im Namen des Vaters und des Sohnes und des Heiligen Geistes". Sie will sichergehen, ihr Kind in Gottes Liebe geborgen zu wissen. Sie küsst es nochmals, das letzte Mal und nimmt Abschied. Es fällt ihr schwer, aber sie hat keine andere Wahl. Sie hat alles gut überlegt. Sie muss sich beeilen. Die Nacht ist bereits fast vorbei und der neue Tag ist nicht mehr fern. Emma zieht ihren Mantel an, der jetzt passt, setzt die Sonnenbrille auf, bedeckt ihr Haar wieder mit dem Kopftuch und nimmt die blaue Tasche mit dem schlafenden Kind. Sie muss sich beeilen, bald kommen die ersten Händler. Am Mittwoch ist nämlich Markt in Bad Saulgau. Das wusste Emma noch.

Den kurzen Weg bis zur Johanniskirche schaffe ich noch, ich muss. Die Füße wollen sie nicht tragen, sie ist noch zu schwach. Sie stellt die Tasche an einer geschützten Stelle so ab, dass sie in Kürze gefunden werden müsste, spätestens in einer Stunde. Mit letzter Kraft schleppt sie sich in die Wohnung zurück.

Zu Hause räumt sie alles auf und bezieht das Bett neu. Gerne hätte sie jetzt Kaffee getrunken, aber sie muss die Flüssigkeit einschränken und ihre Brüste hochbinden, ehe die Milchdrüsen mit ihrer Arbeit beginnen. Heißes Zitronenwasser ist jetzt das Richtige und dann nur noch, schlafen, schlafen …

Langsam erwacht die Stadt an diesem Mittwochmorgen. Das Treiben der Marktfrauen, die mit ihren vollgepackten Körben hantieren, ist nicht zu überhören. Plötzlich schreit Alois Hammerschmid, sein Stand steht direkt vor dem Eingang zur Johanniskirche, „seid doch alle still!"

„Ich höre ein Kind schreien." Er begibt sich auf die Suche. Tatsächlich hier, in der blauen Tasche liegt ein kleines Kind. „Macht schnell, ruft die 110. Es ist ein Neugeborenes, vielleicht erst ein paar Stunden alt. Glaubt mir, ich kenne mich aus, ich habe selbst vier Kinder."

Jemand ruft an und am anderen Ende heißt es: „Polizeirevier Bad Saulgau, Müller am Apparat."

„Kommen Sie schnell zur Johanniskirche. Wir haben ein Baby gefunden."

„Fischer, wach auf, wir haben Einsatz!"

„Was, wie wo?"

„Frag nicht, und komm!"

Schlaftrunken taumelt Fischer hinter Müller her und setzt sich auf den Beifahrersitz. In Windeseile sind sie mit Blaulicht am Fundort. Doch jetzt ist kein Durchkommen möglich. Überall stehen Wagen mit Anhängern, voll beladen mit Kartoffeln und allerlei Wintergemüse. Auch die ersten Salatsetzlinge sind bereits im Angebot. Die Händler kommen ihnen mit dem Neugeborenen entgegen.

„Wir müssen das Kind schnell ins Krankenhaus bringen und kommen später wegen der Aussagen wieder. Das Kind hat jetzt Priorität. Fischer, du

fährst, ich halte die Tasche", entscheidet Polizeimeister Müller. Zu Tränen gerührt, als wäre es sein
eigenes Kind, drückt der Polizist die Tasche an sich.
Wie gern hätte er sein eigenes Kind einmal so in den
Armen gehalten.

„Was bringen Sie uns, Herr Müller? Und schon
so früh, es ist nicht einmal 6 Uhr", fragt der diensthabende Arzt.

„Wir haben ein Kind gefunden."

„Sie scherzen, Herr Müller."

„Ich scherze nicht, Herr Doktor, hier sehen Sie
selbst."

Tatsächlich, ein Neugeborenes. „Wir müssen auf
die Kinderstation. Wo haben Sie es denn gefunden,
Herr Müller?"

„Nicht ich, ein Händler, der seinen Stand direkt
vor dem Eingang der Johanniskirche hat."

Der Arzt ruft nach einer Hebamme und nach einer Kinderschwester. Sie packen das kleine Wesen
aus. Ein Mädchen, erst wenige Stunden alt, perfekt
abgenabelt und wie es auf den ersten Blick aussieht,
gesund, stellt der Doktor fest. Beim Ausziehen findet die Hebamme das goldene Kettchen mit dem
Zettel: Ich heiße Marie.

„Schauen Sie, Herr Müller, wie liebevoll und
warm das kleine Wesen eingepackt ist. Anscheinend wollte die Mutter, dass es rasch gefunden
wird. Sie muss verzweifelt gewesen sein, sonst hätte
sie das kleine Mädchen nicht abgegeben. Wer weiß,
was ihr geschehen ist. Geht sie in diesem Fall straf-
frei aus? Was sagt das Gesetz? Ich meine, falls sie
gefunden wird."

„Ach, Herr Doktor, ich glaube, es ist ein Wink des Himmels."

„Wie meinen Sie das denn, Herr Müller?"

„Vor 5 Jahren haben meine Cilli und ich einen Antrag für eine Adoption gestellt und in diesem Jahr werde ich 35 Jahre alt. Sie verstehen, was ich meine, Herr Doktor?"

„Gewiss Herr Müller!"

„Wir würden das Kind sofort zu uns nehmen!"

„Schön, aber diese Entscheidung liegt nicht bei mir, wir müssen es dem Jugendamt melden."

„Aber ein gutes Wort können Sie für mich einlegen."

„Sicher, Herr Müller, das mache ich. Jetzt muss Marie weiter untersucht, gebadet, gemessen, gewogen und natürlich gefüttert werden. Sie sehen doch, das kleine Menschenkind hat Hunger."

Marie lässt alles über sich ergehen und schlummert schließlich wie ein kleiner Engel im warmen Kinderbettchen. Die Behörden übernehmen den Fall und das ausgesetzte Kind wird zum Tagesgespräch. Erich und Cilli Müller hoffen auf ein Wunder. Einige Tage vergehen, dann steht eine unbekannte Dame mit Begleitung vor der Haustür. „Sind wir hier richtig bei Polizeimeister Müller?"

„Ja, sicher. Treten Sie doch ein", bittet Frau Müller den sehnsüchtig erwarteten Besuch ins Wohnzimmer.

„Wir sind vom Jugendamt und möchten wissen, ob Sie das Findelkind wirklich haben wollen."

„Ja, und ob."

Noch etwas verschlafen kommt Herr Müller aus dem Schlafzimmer. „Entschuldigen Sie bitte, ich habe zur Zeit Nachtdienst. Weshalb kommen Sie?"

„Wegen Marie. Sind Sie immer noch an dem Kind interessiert?"

„Wir würden uns freuen."

„Gut, dann leite ich alles in die Wege. Die Entscheidung trifft die nächst höhere Instanz, die Richterin. Haben Sie denn überhaupt ein Kinderzimmer?"

„Kommen Sie mit."

„Was, Sie haben es schon komplett eingerichtet?"

„Ja", sagt Cilli leise, „schon vor 5 Jahren. Ich erwartete damals ein Kind, es kam zu früh und starb. Weitere Schwangerschaften sind ausgeschlossen."

Herr Müller umarmt und tröstet sie. „Jetzt wird alles gut. Der liebe Gott hat unsere Gebete erhört!"

„Oder das Jugendamt", entgegnet eine der beiden Damen.

Am folgenden Tag liest Emma die Schwäbische Zeitung. Polizeimeister Müller möchte das Findelkind Marie adoptieren. Gott sei gelobt, sie wird es gut haben. Tränen rinnen über ihre Wangen. Jetzt nur schnell den Koffer packen, und die Stadt verlassen. Die paar Habseligkeiten sind schnell verstaut. Vielleicht erreiche ich noch denn 11 Uhr 25 Zug über Aulendorf- Ulm-Stuttgart. Der beigefarbene Mantel passt, nun das Haar mit einem Tuch bedecken und die Sonnenbrille aufsetzen. Ja, so erkennt mich niemand. Emma verlässt die Stadt so, wie sie gekommen ist. Der Zug fährt gerade ein. Sie hat es geschafft und ist erleichtert darüber, dass ihr Kind in guten Händen ist. Sie will sich setzen, nein, noch einen Blick über die Stadt erhaschen, in der sie ihr Kind in der Stille der Nacht gebar und zurücklassen musste. Was bleibt, ist eine tiefe, nie heilende Wunde in ihrem Herzen.

Emma wechselt ihre Arbeitsstelle. Nein, hier im Kinderheim kann ich nicht bleiben. Jedes kleine Wesen erinnert jetzt an Marie, und es sind viele hier, alles Waisenkinder.

„Nein, ich lasse Sie nicht gerne fort, Fräulein Emma, aber festhalten darf ich Sie auch nicht. Wollen Sie es sich nochmals überlegen?"

„Nein, mein Entschluss steht fest. Vielleicht kann ich auf der Universitätsklinik noch eine Ausbildung zur Kinderschwester machen. Ich bin ja nur eine Pflegerin."

„Aber eine gute", bestätigt der Direktor. „Gut, dann holen Sie in 4 Wochen Ihre Papiere ab."

„Danke, Herr Direktor."

„Wofür denn, Fräulein Emma?"

„Dass Sie mich gehen lassen und überhaupt, Sie waren mir eine große Hilfe damals, als meine Mutter so plötzlich verstarb."

„Nicht der Rede wert, das habe ich doch gern getan."

Diese letzten Wochen sind für Emma der reinste Horror. Sie muss die Babys wickeln, baden und füttern. Immer denkt sie an ihre Marie, ihr Herz blutet. Nur keine Schwäche zeigen, sie muss durchhalten. Sie schläft nachts nicht, es muss immer eine kleine Lampe brennen und bei jedem Geräusch schreckt sie hoch.

Nicht mehr durch den Park müssen bei Nacht und Nebel und immer diese Angst im Nacken. Vor allem mit niemandem darüber reden können. Bald ist es vorbei und ich komme noch tagsüber im Hellen nach Hause. Ein Bild aus der Schwäbischen Zeitung, jetzt eingerahmt auf der Konsole, ist die einzige sichtbare Erinnerung an Marie. Abend für Abend nimmt sie es in die Hand. Ich werde dich nie vergessen. In meinem Herzen wirst du immer einen Platz haben. Einen Platz ja, aber mehr hätte ich dir nicht geben können. Bei Müllers wirst du es gut haben. Schlaf gut, mein Engel. Dieses Ritual wiederholt sie Abend für Abend, bis sie eines Nachts die Vergangenheit einholt.

Emma ist von Herzen froh, die neue Stelle bekommen zu haben. Sie lernt fleißig, will weiterkommen und alle mögen sie. Inzwischen siebzehn Jahre, zu jung für eine Krankenpflegeausbildung, entscheidet sie sich für die Kinderpflege, vorerst jedenfalls.

Mitten im Sommer hält sie mit examinierten Krankenschwestern Nachtwache. Nach dem Kontrollgang öffnet sie das Fenster im ersten Stock, atmet die laue Juniluft tief ein und aus. Glühwürmchen tanzen im Wind und am Himmel leuchten die Sterne. Es ist still, fast zu still, genau wie vor einem Jahr. Plötzlich, oh Schreck, ertönt das Martinshorn des Rettungswagens und der Polizei. Schnell das Fenster schließen und ab in die Notaufnahme.

Eine junge Frau in ihrem Alter liegt auf der Trage, halb nackt, blutverschmiert, mit zerrissenen Kleidern, immer noch bewusstlos und mit einer Platzwunde am Hinterkopf. Emma riecht das

Chloroform. Es riecht süßlich. Sie kennt den Geruch. Der Notarzt übergibt die Patientin dem diensthabenden Arzt und die Polizei ist auch vor Ort und ermittelt.

„Schon wieder eine Vergewaltigung", ruft der Arzt zornig. „Sehen Sie zu, dass Sie den Kerl fassen."

„Wir tun, was wir können, Herr Doktor."

„Der Kerl wird ja immer brutaler. Die junge Frau ist immer noch bewusstlos."

Emma wird erst bemerkt, als sie zu schreien beginnt. Schon wieder ein Leben zerstört! Mit beiden Fäusten schlägt sie auf die Wand und auf den Kripobeamten ein. Sie weint und schreit, dann fällt sie zu Boden. Der Beamte beugt sich zu ihr, aber sie schubst ihn weg. Alles was „Mann" ist, widert sie an. Der Notarzt handelt schnell und gibt ihr eine Beruhigungsspritze. „Das wird Ihnen guttun." Dann fragt er leise: „Sind Sie auch?"

„Ja, vor einem Jahr…", und dann ist sie weg.

„Sie wird jetzt schlafen, die Arme. Wir nehmen sie stationär auf, bevor noch Schlimmeres passiert. Die unverarbeitete Vergangenheit hat sie heute eingeholt."

Die junge Frau auf der Trage kommt zu sich. Sie ist wieder unter den Lebenden. Gott sei Dank. Zuerst der DNA-Abgleich. Vielleicht hat er dieses Mal Spuren hinterlassen. Die Kopfwunde muss genäht werden. Die Tetanusspritze wird vorbereitet.

„Eine neue Infusion bitte auch", ordnet der Arzt an. Dann muss sie noch vom Gynäkologen untersucht werden. Ein Abstrich muss gemacht werden.

„Macht schnell, wer weiß, wie lange sie schon gelegen hat. Heute Abend keine Fragen mehr, meine Herren. Morgen, ja morgen sehen wir uns wieder", bestimmt der Arzt und verabschiedet die Beamten.

„Wo bin ich?" fragt sie.

Der Arzt nimmt ihre Hand. „Sie brauchen keine Angst zu haben. Sie sind im Krankenhaus und in Sicherheit."

Um 6 Uhr morgens herrscht reges Treiben auf den Stationen. Die Nacht- und die Tagschicht arbeiten Hand in Hand und informieren sich gegenseitig.

„Und wo ist Emma? Unsere Neue?"

„Auf Zimmer 104", berichtet eine der Nachtschwestern. Alle sind entsetzt. Auch der Arzt kommt hinzu.

„Und der Zugang von heute Nacht?"

„Sie schläft noch", antwortet die Nachtschwester. „Lasst sie schlafen, es kommt heute eine Menge auf sie zu. Um 8 Uhr kommt schon die Kripo und dann sehen wir, was uns die Kripo zu berichten hat."

Jeden Morgen findet um 7.30 Uhr die große Besprechung mit dem Professor statt. Über die Vorkommnisse der letzten Nacht war dieses Mal viel zu berichten.

„Was tun wir, meine Herren, um den Frauen zu helfen? Hat jemand einen Vorschlag?"

„Vielleicht eine Psychotherapie. Gleich heute bei Emma."

„Das mache ich selbst," versichert der Psychologe. „Und bei dem Neuzugang müssen wir noch auf die Kripo warten. Vielleicht hat das Schwein doch Spuren hinterlassen."

Und schon klopft jemand an die Tür. „Schmidberger, Kripo Heidelberg. Guten Morgen."

„Was soll gut sein an diesem Morgen?" fragt der Professor.

„Wir haben die DNA", berichtet der Beamte. „Es ist ein Sexualstraftäter, vor einigen Jahren freigelassen. Er hat damals jegliche Therapie ausgeschlagen. Er hat diesmal ein Kondom benutzt, aber keine Handschuhe. Jetzt müssen wir ihn nur noch finden und dann ab hinter Gitter für den Rest seines Lebens. Doch leider ist das nicht so einfach. Kann ich die Frauen befragen?"

„Ich will sehen, was sich machen lässt", verspricht der Professor. „Sie wissen, dass dieses schreckliche Erlebnis die Frauen ihr Leben lang begleiten wird. Sie spüren immer die Angst im Nacken, sie trauen sich nicht aus dem Haus und können keine Beziehungen eingehen. Ausgehen ist kaum mehr möglich. Schlafstörungen und Depressionen können auftreten. Manchmal auch Suizid."

Emma sitzt bereits auf der Bettkante und wartet auf ihr Frühstück. Beim Eintreffen des Professors errötet sie leicht. Sie schämt sich wegen ihres Verhaltens in der letzten Nacht. Aber der Professor beruhigt sie und stellt ihr Dr. Nabu vor.

„Ein Psychologe? Was? Ich bin doch nicht verrückt."

„Nein, Emma, er kann Ihnen helfen, bald gesund zu werden und ohne Angst zu leben."

„Das kann ich nur, wenn der Täter hinter Schloss und Riegel sitzt."

„Warum haben Sie damals keine Anzeige erstattet?"

„Warum, warum! Weil man sich schämt. Können Sie das verstehen? Nein, Sie können das nicht verstehen, Sie sind ein Mann, Sie fühlen anders als eine Frau. Was sage ich da, Sie sind ja Psychologe und kennen sich aus."

Die Leute, die Medien, die Polizei, alle sprechen vom Täter, suchen fieberhaft nach ihm und die Opfer bleiben auf der Strecke. Allein gelassen mit ihrer Angst und ihrem Schmerz.

Dr. Nabu bemüht sich weiterhin um die beiden Frauen. Es dauert Monate, bis sie mit dem Geschehenen umgehen können. Sie müssen sich der Angst stellen und nicht vor ihr davon laufen, sie ist schneller und leider immer präsent. Jetzt, nach fast einem Jahr kann Emma immer noch nur dann einschlafen, wenn die Nachttischlampe an ist, und meidet den Weg durch den Park. Sie geht abends nie aus und schließt alle Türen in der Wohnung ab. Dr. Nabu versucht nun, mit beiden Frauen am Abend durch den Park zu gehen. Die Frauen gehen dicht bei ihm, die eine rechts, die andere links. Bei jedem Geräusch in den Büschen zucken sie zusammen. Emma zittert, als sie an den Bäumen vorbei kommen und Dr. Nabu muss feststellen, dass die Frauen noch immer Angst haben. Und wenn der Täter wieder zuschlägt, will Emma wissen. Keine Angst, Fräulein Emma, er ist bereits hinter Schloss und Riegel. Über Marie verliert sie kein Wort. Das ist ihr Geheimnis und so soll es auch bleiben.

Jahre gehen ins Land. Katastrophen und Krisen prägen die Welt. Die Welt hat sich verändert. Oder hat sich nur der Mensch verändert? Wo bleibt die Moral und der Glaube? Keine 10 % Christen besuchen den Sonntagsgottesdienst und Kinder zählt man an einer Hand. Wichtig ist nur noch, viel Geld auf dem Konto zu haben und möglichst viel Freizeit dazu. Sich für Afrika und Lateinamerika einzusetzen, ist einfacher, als einer alten Frau in der Nachbarschaft zu helfen. Mobbing, Eifersucht und Neid sind an der Tagesordnung und machen auch vor kirchlichen Einrichtungen nicht halt. Gerade hier ist von Nächstenliebe wenig zu spüren. Zickenterror ist an der Tagesordnung. Immer wieder wird jemand an den Pranger gestellt, ein Oben und Unten demonstriert. Dem oder der haben wir es aber gezeigt. Wen wundert es, wenn dann zehntausend Bundesbürger jährlich freiwillig aus dem Leben scheiden und die Angehörigen damit fertig werden müssen?

Mobbing kostet den Krankenkassen Millionen und den Menschen das Leben, weil sie den Leidensdruck nicht mehr ertragen können.

Aus einer psychiatrischen Klinik war ein Täter entflohen. Großalarm ringsum. Müller und Fischer haben wieder Nachtdienst und fahren Streife. In der Buchauerstraße führen sie die Verkehrskontrolle aus.

„Ihre Papiere bitte. Alles in Ordnung. Fahren Sie weiter. Bald haben wir es geschafft, Fischer, und dann ab ins Bett."

„Da kommt noch einer. Halt! Verkehrskontrolle. Ihre Papiere bitte."

Von wegen Papiere. Der Fahrer zieht seine Pistole, schießt Müller in die Brust und fährt davon. Der Verletzte fällt zu Boden. Fischer ruft die Kollegen und den Krankenwagen. Er zieht seine Jacke aus, rollt sie zusammen und legt sie dem verletzten Kollegen unter den Kopf.

„Ganz ruhig, Erich, Hilfe kommt gleich."

Erich Müller murmelt nur noch Marie, Marie und erbricht Blut. Anscheinend wurde ein Lungenflügel getroffen. Als der Notarzt eintrifft, kann er nur noch den Tod feststellen. Er muss sich jetzt um Fischer kümmern, der einen Schock hat.

„Und wer bringt Cilli die schlimme Nachricht? Fischer ist mit der Familie befreundet, aber er ist selbst am Ende. Einer von uns muss sie überbringen. Wir räumen hier auf und besprechen den Rest auf dem Revier. Die Kripo muss informiert werden."

Fischer fängt sich wieder und so überbringen sie gemeinsam, begleitet vom Notarzt, in der Frühe des neuen Tages die traurige Botschaft. Marie ist bereits außer Haus. Sie macht eine Ausbildung zur Floristin.

„Können Sie vielleicht Marie heimholen und ihr schonend beibringen, was geschehen ist? Sie liebt doch ihren Vater über alles."

„Ja," sagt Cilli gefasst. Dass es einen erwischen kann, damit muss man als Polizist leben, hatte Erich immer gesagt. Aber Erich hatte auch gesagt, dass hier in der Gegend um Bad Saulgau so etwas kaum vorkommen würde. Nicht einmal 50 Jahre ist er geworden. An Sonntagen und Feiertagen immer im Dienst und immer in Gefahr. Was nützen jetzt

Blumen, Musik und Ansprachen am Grab? Mehr Anerkennung und Verständnis im Alltag wären angebracht gewesen. Das und viel mehr geht ihr jetzt durch den Kopf, aber sie ist still und gefasst.

„Und wo ist Erich jetzt? Und wie geht es weiter?" möchte sie wissen.

„Wir müssen auf den Staatsanwalt warten, Sie bekommen Bescheid." Fischer nimmt Cilli in den Arm, drückt sie fest an sich: „Du bist sehr tapfer, wie immer", flüstert er. „Wir bringen Marie nach Hause und dann sehen wir weiter."

Wenn auch die Zeit alle Wunden heilt, so bleiben doch Narben. Marie hätte schreien können, aber das würde den geliebten Vater auch nicht mehr lebendig machen. Der Täter wurde gefasst, zeigte aber keinerlei Reue.

Der Tod hat die beiden Frauen noch enger zusammen geschweißt. Sie unternehmen lange Spaziergänge rund um Bad Saulgau, besuchen so oft wie möglich das Grab des Ehemannes und Vaters. Mit der Zeit kennt Marie jede Pflanze und jede Blume auf dem Sießener Weg. Oft sitzen sie auf der Bank bei den Birken und bewundern das mit Bäumen umsäumte Franziskaner Kloster. Zum Glück findet Marie nach ihrer Ausbildung eine Anstellung in der Stadt, wenn auch nur halbtags. So kann ich mehr bei der Mutter sein, sagt sie sich immer wieder. Sie sieht, dass die Mutter mit dem Verlust des Vaters nicht fertig wird. Ihr Gesicht bekommt tiefe Falten, dunkle Ränder umgeben die Augen. Jener Tag liegt Jahre zurück, aber die Narben bleiben. Bei einer Vorsorgeuntersuchung wird dann auch noch ein 1 cm großer Knoten entdeckt. Kein Zweifel, es ist ein Mammakarzinom, die weitere Untersuchung zeigt bereits vorhandene Metastasen. Marie weiß, dass sie die Zeit nutzen muss, die ihr für die Mutter noch bleibt. Und sie will ihr etwas von der Liebe zurückgeben, die ihr geschenkt worden war.

„Du bist so gut zu mir, Marie, sieh doch, ein Blumenmeer und ich bin mitten darin."

„Ach Mutter, ich bin doch Floristin und Blumen sind meine Freunde und jetzt bringe ich sie dir."

Morphin lässt Cilli die Schmerzen ertragen und macht die Zeit, die noch bleibt, erträglich.

Eines Tages sieht man Marie tief schwarz gekleidet den Sießener Weg hinauf zum Kloster der Franziskanerinnen gehen. Sie will um die Aufnahme in den dritten Orden des Heiligen Franziskus bitten.

Auf den Fluren der Universitätsklinik sind Tag für Tag unzählige Medizinstudenten unterwegs. Unter ihnen ist auch Thomas Silberpfennig. Eben hat er das 6. Semester hinter sich und ist ein wenig in Emma verliebt. Rührend hat er sich die letzten Monate um sie bemüht. Auf dem Philosophenweg flanieren sie durch die Altstadt bis hinauf zu dem 500 Jahre alten Schloss. Ab und zu nahmen sie auch im Roten Ochsen Platz und kamen einander immer näher. Eines Tages stellt Emma fest, dass sie schwanger ist. Beim abendlichen Spaziergang schweigt sie.

„Was ist mit dir, Emma, bist du krank?"

„Und wer will das wissen? Mein Liebhaber oder der Medizinstudent?"

„Ich will es wissen, ich, Emma."

„Ganz einfach, ich bin schwanger."

„Das kann nicht sein, ich habe doch aufgepasst."

„Aufpassen hin oder her, ich bin schwanger."

Sie setzen sich auf die Parkbank und starren auf den Neckar.

„Und was jetzt, Thomas?" Sie weint. „Ich habe doch nur ein kleines Zimmer, zu klein für uns beide." Dabei streichelt sie ihren Bauch. Aber dieses Mal ist wenigstens eine Schulter zum Anlehnen und zum Ausweinen da. Sie denkt an Marie.

„Mach dir keine Sorgen, wir fahren am Sonntag zu meinen Eltern und dann sehen wir weiter." Er spricht kein Wort mehr von Liebe und Heirat. Ein wenig mehr Zuwendung hätte jetzt gutgetan. Nicht einmal in den Arm nimmt er sie, kein Kuss, keine liebevolle Geste.

Emma kann den Sonntag kaum erwarten. Die Eltern sind gut betucht und sie ist nur eine arme Kinderschwester. Nichts habe ich, nur ein neues Leben trage ich in mir. Was werden sie zu mir sagen?

„Mutter, Vater, das ist Emma, meine Emma."

„Geschmack hast du, Junge, das muss ich dir lassen."

Im Garten ist bereits der Tisch gedeckt. Es gibt frischen Kaffee und Pflaumenkuchen. Thomas hat seinen Eltern noch nichts erzählt, das wird ja heiter werden, denkt Emma. Ganz plötzlich, wie aus der Pistole geschossen, sagt Thomas: „Emma erwartet ein Kind von mir."

Es ist still. Dann umarmt Herr Silberpfennig Emma. „Das ist großartig. Mutter, hast du gehört, wir werden Großeltern."

„Nichts ist großartig. Ich schmeiße mein Studium. Ich will nicht mehr, es ist nicht das Richtige für mich."

„Und das fällt dir nach dem 6. Semester ein? Du hast doch alles mit Bravour bestanden. Bringe es zu Ende, dann sehen wir weiter. Du wolltest doch eine eigene Praxis haben und jetzt wirfst du alles weg. Warum? Und was ist mit Emma und Eurem Kind?"

Thomas antwortet nicht. Seine Mutter, eine kleine freundliche, sehr gepflegte Frau, nimmt Emma mit in die Küche, damit Vater und Sohn allein sprechen können.

„Dann heirate Emma wenigstens."

„Ich bin doch nicht verrückt."

„Aber Spaß hattest du und jetzt lässt du das Mädchen sitzen."

„Nein. Ja."

„Was nun?" will der Vater wissen. „Ich höre nichts, Junge, was nun?"

„Ich will Theologie studieren." Jetzt ist es raus.

„Aber erst alles ausprobieren, das Leben genießen und ich Idiot habe es auch noch finanziert."

Thomas' Mutter und Emma sind entsetzt und weinen. Thomas steht auf und packt Emma bei der Hand: „Komm, wir fahren."

Die Mutter steckt ihr noch einen Geldschein zu und bittet sie, anzurufen. „Hab keine Angst, wir sind für dich da."

Thomas schweigt die ganze Fahrt über. Kein liebes Wort und kein Kuss zum Abschied.

„Sehen wir uns?" fragt Emma.

„Ja, morgen in der Klinik", sagt Thomas.

Inzwischen war auch am Neckar der Herbst gekommen und zeigte seine ganze Pracht. Manchmal sitzen sie noch auf der Bank, starren in den Fluss und schweigen. Mit der Zeit kann Emma ihre

Schwangerschaft nicht mehr verbergen. Es ist schwer für sie und Thomas kümmert sich wenig. Zum Glück haben sie seine Eltern wie eine eigene Tochter aufgenommen.

„Wir freuen uns auf unseren Enkel, Emma. Er wird es gut bei uns haben."

Vier Wochen vor dem Geburtstermin sucht sie einen Gynäkologen auf und lässt sich untersuchen. Im Ultraschall wird sichtbar, dass sie einen Jungen erwartet.

„Ich gratuliere, Sie bekommen einen Sohn. Sie müssen jetzt auf sich achten. Ist Ihr Mann dabei?"

„Ja, er sitzt im Wartezimmer."

„Gut, ich muss mit ihm reden. Sie wissen doch als Medizinstudent, ich hoffe es wenigstens, was Plazenta previa bedeutet."

„Ja, vorliegende Nachgeburt."

„Sie gehen nach Hause, packen den Koffer und kommen in die Klinik. Ich will Ihre Frau in der Obhut der Schwestern wissen." Er kommt wieder auf Emma zu, will wissen, wie es bei der ersten Geburt war. „Ist damals alles gut gegangen?"

Sie muss lügen: „Ja schon, es war nur eine Fehlgeburt."

„Haben Sie noch den Mutterpass?"

„Nein, er muss beim Umzug verloren gegangen sein." Sie wusste nicht, dass eine Geburt am Gebärmutterhals Spuren hinterlässt.

„Schade, ich hätte die Werte gern verglichen. Wenn nichts dazwischen kommt, machen wir in 4 Wochen einen Kaiserschnitt, doch bis dahin ist absolute Ruhe angesagt."

In Thomas Kopf geht es drunter und drüber. Ihre Frau hat er gesagt. Nein, wir sind doch nicht verheiratet und wir werden es nie sein. Die Silberpfennigs bitten Emma, zu ihnen zu ziehen, und kümmern sich um den Umzug. Die letzten Wochen vor der Geburt wollen gar nicht vergehen. Endlich ist es soweit.

Thomas sitzt am Bett der jungen Mutter. Er weiß nicht, was er denken soll. Es ist dunkel um ihn herum.

Der Professor betritt das Zimmer. „Sie haben einen gesunden Sohn. Ich gratuliere!"

„Und was ist mit Emma? Warum wacht sie nicht auf?"

„Sie wird aufwachen, haben Sie keine Angst. Die Operation war schwierig, wir mussten den Uterus entfernen, die Blutung war nicht zu stillen und somit wird sie keine Kinder mehr haben können. Hormonell ändert sich nichts. Es wird nicht einfach werden, Sie müssen ihr viel Zeit lassen. Sie schaffen das schon."

Auch Silberpfennigs wollen zu Emma. Eine Schwester wechselt die Infusion. „Bitte gehen Sie alle nach Hause und kommen Sie morgen wieder. Dann wird sie wach sein. Wenn Sie noch den kleinen Rudolf sehen wollen, müssen Sie sich beeilen. Die Schwestern haben gleich Schichtwechsel."

Emma erholt sich bald von den Strapazen der Geburt und wird von den beiden Silberpfennigs verwöhnt, weniger von Thomas, der sich immer mehr zurückzieht.

„Mensch, Junge, überlege dir die Sache nochmals!"

„Emma ist bei Euch gut aufgehoben und Rudolf auch und ich gehe meinen Weg. Versteht Ihr das? Ich muss ihn gehen und es wird nicht leicht werden für mich. Doch vorher müssen wir noch alles klären."

Fest entschlossen will Thomas Emma und Rudolf versorgt wissen, bevor er das Haus verlässt. Er will, dass Rudolf von seinen Eltern adoptiert wird und Emma und Rudolf gut versorgt sind.

Erschienen sind heute vor dem Landgericht: „Herr und Frau Silberpfennig, Thomas Silberpfennig und Emma Krämer mit ihrem Sohn Rudolf. Sie sind heute hier, um die Verhältnisse zu klären. Wie stellen Sie sich das denn vor?"

Herr Silberpfennig ergreift als Erster das Wort. „Wir wollen Rudolf adoptieren."

„Sind Sie denn damit einverstanden, Frau Krämer?"

„Ja, gewiss."

„Sie wären dann Eltern und Großeltern und die Situation wird sie nicht überfordern?"

„Ich bin doch als Mutter des Kindes auch noch im Haus. Thomas, der leibliche Vater hat sich für das Studium der Theologie entschieden und ich wäre die Letzte, die ihm diesen Weg versperren würde. Wir wollen geregelte Verhältnisse schaffen, um das Kind kümmern wir uns gemeinsam. Der kleine Mann soll es gut haben und in einer Familie aufwachsen. Ich habe nichts und könnte ihn auch nicht allein großziehen."

„Wir haben hier die Unterlagen vorbereitet", fuhr der Familienrichter fort. „Bitte lesen Sie alles genau durch und unterschreiben Sie dann. Dann kann alles beurkundet werden. Das Kind hat dann zwei Mütter und zwei Väter. Wir lassen Ihnen die Urkunden per Post zukommen."

Emma bezieht im Hause Silberpfennig ein großes Zimmer und platziert das Kinderbettchen neben ihrem Bett. Thomas verlässt noch am selben Tag das Haus und fährt nach München. Das sagt er jedenfalls. Emma fühlt sich im Haus geborgen wie noch nie in ihrem bisherigen Leben. Rudolf schläft viel, nimmt zu und macht die Hausbewohner glücklich. Abends, wenn es still geworden ist, zündet Emma eine Kerze an, holt das Bild ihrer Tochter aus dem Wäscheschrank und küsst es. Du hast ein Brüderchen bekommen, Marie. Ich hoffe, es geht dir gut, dann legt sie das Bild wieder zurück. Abend für Abend dasselbe Ritual. Sie löscht die Lampe und denkt nach. Wieder bin ich allein. Die Silberpfennigs sind lieb und nett, ich kann mir keine besseren Schwiegereltern vorstellen. Aber ich möchte auch geliebt werden, gestreichelt, geküsst, wie jede junge Frau.

Rudolf entwickelt sich prächtig, bald zeigen sich schon die ersten Zähnchen und dunkle Haare umrahmen sein rundes Köpfchen. Seine blauen Augen blicken zuversichtlich in die Welt. Nur von Thomas keine Nachricht. Beim Anruf des Vaters heißt es, kein Anschluss unter dieser Nummer. Nach drei Jahren kommt eine Karte. Grüße vom anderen Ende der Welt.

„Von wegen Theologie. Davon gemacht hat sich unser sauberer Herr Sohn", wettert Herr Silberpfennig. „Verlässt Frau und Kind und macht sich einfach davon." Emma ist entsetzt. Ich kann das nicht verstehen.

So sitzt sie eines Tages mit Rudolf im Café bei einer Tasse heißer Schokolade. Das Kind sitzt neben ihr, ein recht munteres Kerlchen mit seinen drei Jahren und knabbert an der süßen Brezel. Sie gibt ihm immer wieder Kakao zu trinken. Sie ist so sehr mit Rudolf beschäftigt, dass sie nicht merkt, dass sie beobachtet wird. Am Tisch gegenüber sitzt ein Herr, etwas älter als sie, der sichtlich die Fürsorge der jungen Mutter genießt.

„Darf ich mich zu Ihnen setzen?"

„Warum denn nicht! Wenn Sie mein Kind nicht stört."

„Aber nein, ich bitte Sie. Er ist doch so brav. Und wie heißt der Kleine?"

„Rudolf", sagt Emma und streichelt dem Kleinen über das Haar. „Aber Sie sind auch nicht von hier."

„Verzeihen Sie, ich habe mich noch gar nicht vorgestellt. Josef Smid. Ich komme aus Florida."

„Und ich bin Emma."

Er reicht ihr die Hand, eine sehr gepflegte Hand, stellt Emma fest, nicht gerade von schwerer Arbeit gezeichnet.

„Nennen Sie mich einfach nur Josef."

Die Beiden erzählen und erzählen und vergessen die Zeit. Rudolf ist in seinem Wagen eingeschlafen.

„Ach du meine Güte, so spät schon", stellt Emma fest. „Jetzt muss ich schnell nach Hause."

„Sehen wir uns wieder Emma?"

„Vielleicht am Donnerstag, zur gleichen Zeit." Josef freut sich.

Sie hat vor Silberpfennigs keine Geheimnisse und erzählt begeistert von der Begegnung mit Josef Smid.

„Du hast dich verliebt, Emma", stellt Vater Silberpfennig mit gewisser Sorge fest.

„Ich weiß nicht, wie das ist, verliebt zu sein. Wir sehen uns wieder und Josef will uns bald besuchen. Er muss in drei Wochen wieder zurück in seine Heimat Florida."

Nachts hört Emma ein Gespräch zwischen den Eltern. „Sie ist noch so jung, hat auch ein Recht, geliebt zu werden und glücklich zu sein."

„Sicher", hört sie den Vater sagen, „und Rudolf?"

„Wenn sie ihn mitnimmt, sind wir wieder allein."

„Komm, Vater, lass uns schlafen, wir werden bald hören, was uns der Amerikaner zu sagen hat."

Brennend vor Neugier erwarten sie nun den angekündigten Besucher. Dieser kommt pünktlich, wie sich das für einen Geschäftsmann gehört und bringt einen großen Strauß rote Rosen mit. Emma strahlt.

„Die sind nicht für dich, Liebling." Dabei lächelt er und gibt ihr einen Kuss. „Sie sind für deine Mutter."

„Sie sind also der Mann, der unsere Emma entführen will?"

„Ja, wenn Sie erlauben, Herr Silberpfennig."

Die Kaffeestunde vergeht wie im Flug bei dieser angenehmen Plauderei. Wie vom Blitz getroffen nimmt Josef eine Rose aus dem Strauß und kniet vor Emma nieder.

„Liebe Emma, willst du meine Frau werden?"

Die Eltern nicken, Emma sagt: „Ja, ich will." Ein langer Kuss besiegelt die Verbindung. Nur Rudolf versteht kein Wort. Kurz nach der Hochzeit im kleinen Kreis fliegen die beiden nach Florida. Rudolf aber bleibt bei Omi und Opi. Jeden Tag aufs Neue sucht das Kind nach seiner Mutter. Vergebens. Silberpfennings sind jetzt Eltern und Großeltern. Sie kümmern sich liebevoll um den Kleinen, doch die Mutter fehlt. Sie fehlt am Abend beim Erzählen des Märchens, am ersten Schultag, bei der Erstkommunion und sie fehlt auch, als beim ersten Liebeskummer die Tränen getrocknet werden müssen. Emma schreibt viel, aber je älter der Junge wird, desto weniger will er von seiner Mutter wissen. Mit der Zeit hat er sie vollends abgeschrieben. Er ist ein guter Schüler und der ganze Stolz seiner Großeltern. Er macht das Abitur und studiert BWL. Junge, mach aus deinem Leben etwas Sinnvolles, mahnt immer wieder der Großvater. Rudolf beendet sein Studium mit Erfolg und lernt dabei Eva kennen und lieben. Von seiner jungen Frau beeinflusst setzt er sich ein neues Ziel. In einem Seminar hat er mitbekommen, dass er auch Gemeindereferent werden könnte. So studiert er neben seiner Arbeit Theologie, lernt Latein und hofft so, in einigen Jahren Gemeindereferent zu werden. Außerdem möchte er auch noch Religion in der Schule unterrichten. Noch ein Jahr mehr studieren. Er will es versuchen. Für die Großeltern hat er jetzt keine Zeit mehr und spielt mit dem Gedanken, ihnen einen Platz im Stift zu besorgen.

„Aber Junge, später, das hat alles noch Zeit. Studiere weiter, aber bring das Studium zu Ende", mahnt immer wieder der Großvater. „Wir sind stolz auf dich."

Das Studium dauert und dauert. Manchmal denkt er an seine Mutter. Er weiß nicht, ob er sie hassen oder ob er ihr verzeihen soll. „Sie hat mich einfach verlassen, sie hat mich im Stich gelassen."

„Das ist Schicksal, mein lieber Rudolf", tröstet ihn seine Frau Eva. „Unser Lebensweg ist uns schon bei unserer Geburt bestimmt. Den Weg, der uns vorgezeichnet ist, müssen wir gehen, ob wir wollen oder nicht. Weißt du, Rudolf, wir sind nur Durchreisende auf der Erde. Wir kommen von Gott und gehen zu ihm zurück. Verzeih deiner Mutter einfach, sie hat für dich vorgesorgt, aber dein Vater hat Euch beide im Stich gelassen. Vergiss das nie. Alle Liebe der Welt hast du von deinen Großeltern bekommen und an nichts hat es dir gefehlt. Weißt du überhaupt, wie es deiner Mutter geht? Vielleicht lebt sie nicht mehr oder ist krank."

„Hör auf, Eva, du sprichst schon wie ein Psychiater. Lass uns lieber weiter arbeiten."

„Machen wir, aber der Ballast, den du mit dir herumschleppst, erdrückt dich. Ich sehe doch wie du leidest. Wirf ihn ab, sprich mit jemandem, lass dir helfen!"

„Na gut, dir zu Liebe, Eva." „Nein, du musst den Ballast abwerfen, ich helfe dir nur dabei."

„Es ist so schön heute Abend, lass uns auf den Balkon gehen und auf den Fluss schauen."

„Was ist daran schon besonders?"

„Schau doch, wie sich die Lichter im Wasser spiegeln und mittendrin der Vollmond." Rudolf lässt sich überreden, holt eine Flasche Spätburgunder und prostet seiner Frau zu.

„Auf uns, nein, Rudolf, auf uns Drei", sagt sie ganz leise und strahlt ihn an. Er nimmt sie in die Arme, drückt sie ganz fest an sich. Irgendwie hätte sie doch mehr Begeisterung und Freude erwartet. „Was hältst du davon, Rudolf", fuhr sie fort, „wenn wir am Sonntag deine Großeltern besuchen, Pardon, die Urgroßeltern? Ich meine, sie sollen an unserem Glück teilhaben."

Doch der werdende Vater ist nicht begeistert. „Schon wieder? Wir waren doch erst dort."

„Sicher, vor einem halben Jahr."

„Na, dann will ich dir den Wunsch nicht abschlagen."

„Tatsächlich, Ihr seid es wirklich", freuen sich die zukünftigen Urgroßeltern. Sie trinken Kaffee, plaudern über vergangene Zeiten und die Welt scheint in Ordnung zu sein. Plötzlich ist es still, als Großmama einen Trauerumschlag aus der Schublade holt und zu lesen beginnt. Thomas Silberpfennig wurde tot aus den Trümmern geborgen. Ein Erdrutsch hat das Hotel, in dem er eingecheckt hatte, mitgerissen und alles unter dem Geröll begraben. Keiner überlebte.

„Und wer ist der Absender?" will Rudolf wissen.

„Das thailändische Konsulat hat die Nachricht an das deutsche Konsulat geschickt und vor zwei Tagen haben wir den Brief bekommen. Wir bedauern es sehr, schreibt das Konsulat weiter."

Großmama weint. Sie kann nicht weiterlesen.

„Jetzt haben wir die Gewissheit, er kommt nie wieder. Jetzt hilft nur noch beten. Ich will einen Priester um ein Requiem bitten, mehr können wir nicht mehr für ihn tun", sagt Rudolf.

Eva überlegt, wie sie die traurigen Eltern trösten könnte. „Der eine geht, der andere kommt."
Wie meinst du das, Eva?" will Großmama wissen. Ihre Augen sind rot vom Weinen, die blassen Wangen eingefallen und der Blick geht ins Leere.
Die junge Frau umarmt sie, drückt ihr einen Kuss auf die Wange. „Großmama, wir bekommen ein Kind."
„Das ist ja wunderbar", freut sich der Großpapa und umarmt sie. Seine Gedanken gehen zurück zu jenen Tag, als Thomas mit der Nachricht kam. Hoffentlich geht es dieses Mal gut. „Kommt uns bald wieder besuchen", bitten die beiden. Über Emma kein Wort, niemand fragt nach ihr, niemand interessiert sich mehr für sie.
Vielleicht gönnt man ihr das Glück im fernen Florida vor den Toren der Hauptstadt Tallahassee nicht. Niemand denkt daran, wie schwer sie es anfangs hatte. Alles ist ihr fremd und sie ist Fremde unter Fremden. Josef hat ihr verschwiegen, wie groß sein Anwesen ist. Sie muss lernen, zurechtzukommen. Sie würde gern den Gärtner, der sich um den großen Garten kümmert, einiges fragen, aber sie muss erst Englisch lernen. Josef hilft ihr und meldet sie zu Sprachkursen an. Gemeinsam unternehmen sie lange Spaziergänge am Strand und versuchen, nur Englisch zu reden. Die Liebe braucht nicht viele Worte, aber Emma will verstehen, was

um sie herum geredet wird. Der Gärtner und das Hausmädchen helfen ihr dabei. Josef hat einen verantwortungsvollen Posten in der Bank, ist viel unterwegs und hat für sich selbst kaum Zeit. Er ist froh, Emma zu haben, die auf ihn wartet, nicht viel sagt und ihm zuhört. Sobald sie wieder allein ist, betrachtet sie die Bilder ihrer Kinder. Rudolfs Bild steht auf der Konsole und Maries Bild ist immer noch in der Wäsche versteckt. Manchmal fliegen ihre Gedanken nach Deutschland zu Silberpfennigs und zu Marie. An Thomas will sie keine Gedanken verschwenden, aber dann fragt sie sich doch, was macht er, wo ist er und vor allem warum? Rudolf wollte nicht nachkommen, sie hätte bleiben müssen und auf das bisschen Glück verzichten. Vermutlich wird er ihr nie verzeihen, dass sie gegangen ist und ihn in einem Alter zurückgelassen hat, in dem er sie dringend gebraucht hätte.

Auch an das subtropische Klima muss sie sich erst noch gewöhnen. Besonders im Herbst, wenn die Wirbelstürme einander jagen, plagt sie große Angst. Der eigentliche Schmerz sitzt tief in ihrem Herzen, jener Schmerz, den nur eine Mutter empfindet.

Eines Nachmittags sitzt das glückliche Paar auf der Terrasse und trinkt Tee. Sie genießen den sonnigen freien Tag und ahnen nicht, dass es der Letzte sein wird. Es hat geläutet. Das Hausmädchen bringt den Brief mit dem Stadtwappen. Josef muss den Empfang bestätigen. Er muss in den Krieg ziehen, ob er will oder nicht. Und er muss schon in drei Tagen abreisen.

„Der verdammte Krieg im Irak, was kann ich dafür?"

Die beiden stehen da, fest umschlungen. Wortlos. „Man kann sich sein Schicksal nicht aussuchen", sagt Emma und streichelt seine Wangen. Zum ersten Mal rollen Tränen und verfangen sich im grau melierten Stoppelbart.

„Heute genießen wir unsere Zeit, komm, Emma, lass uns noch einmal am Strand spazieren gehen."

Sie genießen die salzige Luft, das Meer und den Wind, der ihnen das Haar zerzaust.

Emma hat Angst, Josef zu verlieren. Sie ist dankbar für die wunderschönen Jahre, die sie mit ihm erleben durfte. Sie liegt ganz still in seinen Armen, als suche sie noch einmal Halt, und er liebkost ihr Gesicht, küsst ihre Lippen. Jede Falte in seinem Gesicht prägt sie sich jetzt ein.

„Ich werde jeden Tag für dich beten, mein lieber Josef, dass die Engel dich beschützen. Sie sollen dir den Weg weisen und dich vor Anschlägen bewahren."

„Ich bitte dich darum, ich werde es brauchen."

Noch eine Umarmung ein letzter Kuss, ein Winken aus dem Auto.

„Auf Wiedersehen, mein lieber Josef, Gott sei mit dir." Emma bricht in Tränen aus und die beiden Angestellten weinen mit ihr. Sie wollen sie trösten, sagen, dass der Krieg doch bald vorbei sei und Josef zurückkommen würde, aber Emma ist untröstlich. Sie kennt die schrecklichen Bilder des Krieges, Terror, Tod und Elend. Mütter weinen um ihre Söhne, Frauen um ihre Männer und Kinder um ihre Väter. Emma stürzt sich in die Arbeit, aber es vergeht kein

Tag, an dem sie nicht für ihren Josef und ihre Kinder betet. Es ist ihr Strohhalm, an dem sie sich festhält. Josef schreibt jede Woche und hofft, dass der schreckliche Krieg bald zu Ende ist. Eines Tages kommen keine Briefe mehr von ihm.

Zweiter Teil

Zwanzig Jahre später

Dr. Waldemar schließt die Akte, an der er wochenlang gearbeitet hatte, und wirft sie wütend zu den anderen. Es reicht nicht für eine Anklage. Chef, der Staatsanwalt ist im Anmarsch, meldet Kommissar Axel Schlotterbeck.

„Schlecht gelaunt heute, der Herr Kriminalrat Brunnwinckel?"

„Nein, Herr Staatsanwalt, nur wütend, dass schon wieder einer davon kommt."

„Aber Sie wissen doch, jeder gute Anwalt hätte mich in der Luft zerrissen. Die Beweise sind zu dünn. Die Frau hätte schreien müssen und vielleicht lügen."

„Haben Sie Kinder, Herr Staatsanwalt?"

„Nein, Sie, so glaube ich, auch nicht, Herr Kriminalrat."

„Er hatte eine Tochter", sagt Schlotterbeck.

„Verzeihung, das wusste ich nicht."

„Stellen Sie sich vor, Herr Staatsanwalt, Sie geben ein Fest und in der Nacht nötigt Ihr Bruder Ihre erwachsene Tochter zum Sex. Sie und Ihre Frau schlafen und hören nichts. Die anderen Gäste schlafen im oberen Stock und hören ebenfalls nichts. Die Tochter wird gequält, er liegt bereits auf ihr, sie wehrt sich, aber in ihrem Leben ist nichts mehr so, wie es war. Sie macht eine Therapie und zeigt den Peiniger nach fünf Jahren zum Ende der Therapie an. Eine junge Frau ist für den Rest ihres Lebens gezeichnet. Die einen, Herr Staatsanwalt stecken so etwas leichter weg, die anderen dagegen begleitet weiterhin die Angst, so wie in diesem Fall."

„Was soll das heißen, Brunnwinckel?"

„Das heißt, keine Beziehung mehr, jede Nacht brennt das Licht, somit ist der Hormonhaushalt gestört und bei dem kleinsten Geräusch ist es mit der Nachtruhe vorbei. Aber wen interessiert das schon."

„Und dennoch reicht es nicht für eine Anklage", bestätigt der Staatsanwalt.

Dr. Brunnwinckel steht auf, schiebt seinen Stuhl zurück, blickt umher und verabschiedet sich. „Ich wünsche Ihnen trotzdem ein schönes langes Wochenende. Und Ihnen, Herr Schlotterbeck, einen ruhigen Bereitschaftsdienst."

„Danke, Chef, geht klar."

Dann zieht er seine dunkelblaue Trachtenjacke an, setzt den dunklen Hut auf, putzt die Brille und verlässt das Polizeigebäude. Noch ein paar Blumen für Lenchen und dann nur noch nach Hause, denkt er.

„Wie immer, Herr Kommissar?" fragt die Blumenfee.

„Wie immer."

„Etwas Grün heute?"

„Nein, danke."

„Ach, wissen Sie was, die fünf Rosen schenke ich Ihnen noch dazu. Morgen ist Feiertag und am Freitag sind sie nicht mehr so schön."

„Da wird sich meine Frau freuen."

„In Papier einschlagen?"

„Ja, wie immer."

„Und wie immer 15 Euro."

„Genau. Danke und ein schönes Wochenende."

Die Uhr der Liebfrauenkirche in Ravensburg schlägt bereits sechs Uhr abends. Mein Gott, schon so spät, da wollte ich schon zu Hause sein.

Lenchen, eine kleine zierliche Frau mit kastanienbraunem, mit Silberfäden durchzogenen halblangen Haar, wartet bereits auf ihren Mann. In der Herzog-Albrecht Allee in Altshausen haben sich die beiden erst eine neue Wohnung gekauft. Überall stehen noch Umzugskartons und warten, bis sie an die Reihe kommen. Oh wie schön, daheim zu sein, freut sich Brunnwinckel und umarmt seine Frau. „Wie hübsch hast du dich heute gemacht." Nach den vielen Jahren ist ihm auch heute immer noch bewusst, was er an ihr hat. Und gut riecht es heute auch, ja, nach echt schwäbischem Zwiebelrostbraten und Kartoffelsalat. Er hat den Wein dazu mitgebracht.

„Na, dann können wir ja auf die neue Wohnung anstoßen."

„Und wo schlafen wir?" fragt er neugierig.

„Na, im Bett wie immer", scherzt sie und lächelt ihn an.

„Das Kleid steht dir gut, hast du es hier gekauft?"

„Soll das ein Verhör werden?"

„Aber nein, ich habe es noch nie gesehen."

„Das glaube ich dir gerne, du bist auch mehr unterwegs als bei mir."

„Und dafür habe ich dir etwas mitgebracht." Er öffnet die Eingangstür und holt den Rosenstrauß. „Für dich, Lenchen, ich bin dem Schicksal dankbar, dass ich dich habe und dass du nicht davon gelaufen bist, wo ich doch so wenig Zeit für dich habe."

„Was ist mit dir, Waldemar? Hat dir der Wein nicht gutgetan?"

„Aber nein, ich freue mich nur."

„Auf was denn?"

„Noch ein paar Monate, dann bin ich pensioniert und wir haben Zeit füreinander."

„Und Schlotterbeck ruft dauert an und will einen guten Rat."

„Ach was, komm lieber auf den Balkon und atme diese herrliche Maienluft ein. Es ist so still hier im Vergleich zu Ravensburg."

„Sicher und schon fährt die Hohenzollern Bahn im Bahnhof ein ohne großen Lärm."

Hier und da fliegt noch ein Vogel auf dem Weg zu seinem Schlafplatz vorbei. In der Nähe bellt ein Hund, als wollte er Gute Nacht wünschen.

„Weißt du, Waldemar, es ist unsere erste Nacht im neuen Heim und was wir in dieser Nacht träumen, soll in Erfüllung gehen."

„Und das glaubst du?"

„Ja. Die alten Leute haben es immer erzählt."

„Na dann gute Nacht und träume was Schönes."

„Du auch."

Dass in Altshausen der Tag an Fronleichnam sehr früh beginnt, wussten die beiden nicht, vor allem, wenn es nicht regnet, geht es sehr früh los. Die Sonne war längst aufgegangen und der Mond hatte sich hinter einer Wolke schlafen gelegt. Amseln und Staren trillern ihr Morgenkonzert und fleißige Erzieherinnen sind bereits dabei, ihren Altar im Kindergarten aufzubauen. Wie immer wacht

Brunnwinckel zur gleichen Zeit auf, es ist gleich 6 Uhr und schon so ein Krach auf der Straße. Wie ein junger Mann springt er aus dem Bett, öffnet die Balkontür und sieht die Frauen am Straßenrand. Verflixt, nicht einmal heute kann man ausschlafen, und schon läuten die Glocken der Schlosskirche St. Michael, der evangelischen Kirche und der Kapelle St. Josef. Morgenläuten in Altshausen.

„Lenchen, wach auf! Was ist heute für ein Fest? Alle Glocken läuten. Wird es Krieg geben oder sind wir im Rom?"

„Aber nein, mach dir keine Sorgen und komm lieber wieder ins Bett. Es ist noch zu früh, um aufzustehen. Heute ist doch Fronleichnam, ein schönes Fest, besonders hier auf dem Land und bei so schönem Wetter wie heute."

„Komm, erkläre das einem Atheisten, warum und wozu bauen sie einen Altar auf und schmücken die Häuser und das in aller Frühe?"

„Sie bereiten dem Herrn den Weg, wenn er in der Prozession vorbei kommt."

„Wer kommt vorbei und überhaupt die ganze Zeremonie."

„Ich will versuchen, dir dieses Fest zu erklären." Sie zieht ihr Kopfkissen hoch, lehnt sich zurück und beginnt.

„Im Jahr 1191 wurde bei Lüttich in Belgien das Mädchen Juliana geboren. Schon mit 5 Jahren verlor sie ihre Eltern und kam in das Kloster Kornelienberg, wo sie erzogen wurde. Mit 15 Jahren nahm sie die Ordenstracht der Augustiner-Chorfrauen. Schon als junges Mädchen hatte sie Visionen, die sie tief bewegten. Sie sah den Mond hell erleuchtet,

44

aber mit einem schwarzen Punkt am Rand. Es heißt, der Herr habe ihr offenbart, dass der Mond das Kirchenjahr bedeute, der schwarze Punkt aber sei das fehlende Fest der heiligen Eucharistie. Ein Fest zu Ehren des Altarsakramentes und Juliana sei berufen, diesem Fest den Boden zu bereiten. Sie betete viel vor dem Altar, doch das Geheimnis behielt sie bis zu jenem Tag 1230, als sie die Oberin des Klosters wurde, für sich. Nachdem sie ihre Visionen offenbart hatte, musste sie viel Spott und Bosheit erdulden und wurde sogar aus dem Kloster vertrieben. Ihre Freundin Eva von Lüttich war ebenfalls Verfechterin des Festes der Heiligen Eucharistie. Sie nahm Juliana auf und kämpfte nach deren Tod weiterhin für das Fronleichnamsfest. Schließlich ordnete Papst Urban IV. am 8 September 1264 das Fronleichnamsfest für die gesamte Kirche an. Juliana hat es freilich nicht mehr erlebt, denn sie war bereits 1258 gestorben. Eva erlebte das Fest. Sie starb 1265. Du kannst alles im Buch über die Heiligen nachlesen."

„So lange wird dieses Fest schon gefeiert und ich habe so wenig mitbekommen."

„Wie auch, Waldemar? Du jagst immer nur Verbrecher, aber vielleicht, wenn du in Kürze pensioniert wirst und mehr Zeit für dich hast, vielleicht könntest du dem Schöpfer in deinem Herzen ein wenig Raum geben? Weißt du was, Waldemar, fangen wir gleich damit an. Heute ist doch so ein schöner Tag, lass uns gemeinsam in die Schlosskirche gehen und am Festgottesdienst teilnehmen."

Festlich gekleidet wie das der Brauch ist, gehen die beiden Hand in Hand über den neuen

Marktplatz durch das Seminargebäude in die Schlosskirche.

„Oh, ist das schön", ruft Lenchen, als sie den schön geschmückten Schlosspark sieht. Entlang des Weges ragen weiße Pfähle aus dem Boden und tragen viereckige Kästen, die mit roten Geranien bepflanzt sind. Weiß-gelbe Fahnen flattern im Maienwind. Die vier Glocken sind mit ihrem Geläut nicht zu überhören. Klein und Groß, alle herausgeputzt, sind unterwegs. Auch die Kommunionskinder haben nochmals ihre weißen Gewänder angezogen und sitzen bereits in den ersten Kirchenbänken. Einige vorerst zum letzten Mal.

Dr. Brunnwinckel nimmt mit seiner Frau in der letzten Reihe Platz. Schließlich sind die beiden noch fremd, es kann aber auch nicht schaden, diesen oder jenen genau zu beobachten. Man weiß ja nie, wer heute alles anwesend ist. Einmal Kriminalist, immer Kriminalist.

Der alte Messdiener Franz Kuhlmann ist überglücklich, dass Marie ihm die paar Stunden in der Woche als Floristin zur Hand geht.

Er hat das Rentenalter längst erreicht, aber das Geld reicht vorne und hinten nicht, zum Leben zu wenig, zum Sterben zu viel. Zu Hause sitzen und jammern bringt auch nichts und Marie ist wie eine Tochter für ihn. Er hätte gern selbst eine Tochter gehabt. Es ist Mittwoch vor dem großen Fest und die beiden haben alle Hände voll zu tun.

„Franz, hast du beim Forstamt die Birken bestellt?"

„Ja, Marie. Sie müssen gleich geliefert werden." Dabei blickt er auf seine Armbanduhr, ein

Geschenk seiner verstorbenen Frau. „Es ist schon 9 Uhr", stellt er fest und schon geht die Tür auf und die Männer bringen zwei junge, hochgewachsene Birken. Wie üblich werden sie rechts und links vom Hochaltar platziert und sofort mit Wasser versorgt, denn sie brauchen viel Wasser.

„Das ist hier schon lange Tradition und ich habe sie von meinem Vorgänger übernommen", berichtet Franz. „Jetzt bereite ich alles Notwendige für das Fest und für die Prozession morgen vor. Den Himmel, die Stangen, die Gurte für die Fahnenträger und vieles mehr. Hier habe ich mein Buch, das mir treue Dienste leistet. Die ersten sind unsere Blutreiter, sie tragen den Himmel und kommen als erste in der Frühe, im Frack und Zylinder, versteht sich von selbst."

„Bleibe du an deiner Arbeit, Franz und ich kümmere mich um den Blumenschmuck. Den Blumenteppich legen wir gemeinsam", sagt Marie und Franz ist damit einverstanden. „Vorausgesetzt, wir bekommen genug Blumen. Einiges habe ich gesammelt, aber es reicht bei Weitem nicht aus. Also an die Arbeit", dabei bindet sie sich ihre grüne Schürze um und fertigt ein Gebinde nach dem anderen. Zwischendurch trinkt sie ihre Limonade. Immer wieder stören Besucher ihre Arbeit und stellen viele Fragen. Marie antwortet so gut sie eben kann. In der kurzen Zeitspanne, die ihr vorgegeben ist, wird sie heute nicht fertig. Die Sonne heizt mächtig am Himmel und selbst im kühlen Gotteshaus ist es recht schwül. Marie macht sich Sorgen, ob für die Ministranten morgen genug zu Trinken bereitsteht. Sie haben nach der Prozession alle großen Durst.

„Franz, hast du genug zu trinken für die durstige Gesellschaft morgen?"

„Gut, dass du mich erinnerst, Marie, ich bringe morgen einen Kasten Limo mit."

„Wer zelebriert denn das Hochamt?"

„Unser Pfarrer natürlich."

„Und die Diakone, sind sie auch dabei?"

„Ach, Marie, ich habe doch keine Ahnung, wer alles kommt."

„Ich meine nur, wir hätten Ornat bereitstellen können. Das würde gut passen zum Fest und in einer barocken Kirche obendrein."

Weiße Pfingstrosen, große Blätter und viel Grün aus der Natur lassen die St. Michael Kirche erstrahlen. Marie gibt sich große Mühe, für dieses Fest besonders schönen Blumenschmuck anzufertigen und das ganze Gotteshaus im Blumenmeer erstrahlen zu lassen. Jetzt noch den Blumenteppich gestalten. Marie hat das Bild gezeichnet und bereits Blüten gezupft. Mit Sägemehl als Unterlage müsste es gehen. Trotz aller Vorbereitung arbeitet sie zwei Stunden daran.

Fremde sind bei so viel Schönheit erstaunt, die Einheimischen dagegen abgestumpft und gleichgültig.

„So, Franz, ich bin mit meiner Arbeit fertig und wenn du mich morgen brauchst, komme ich gerne."

„Es wäre schön, Marie, wenn du kommen könntest."

„Ich komme gerne und nehme mich der Ministranten an, es geht ja drunter und drüber und du kannst nicht überall sein. Dann lass ich meine Flasche schon mal für morgen hier."

Beim Verlassen der Sakristei kommt ihnen der Pfarrer entgegen. Den ganzen Tag haben sie ihn nicht gesehen und jetzt ist er mit ihrer Arbeit nicht ganz zufrieden. Die Glocken läuten. Marie kann nicht mehr und ist ein wenig enttäuscht. Sie ruft noch: „Franz, bis morgen dann!"

„Bis morgen, Marie und danke für deine Hilfe!"

Bereits um 7 Uhr ist Marie zur Stelle und Franz ist bereits dabei, alles für die Eucharistiefeier vorzubereiten. Es sind viele Kleinigkeiten, an die er jetzt denken muss. Heute darf nichts schief gehen. Marie lüftet noch schnell die Kirche, danach müssen die Fenster geschlossen bleiben, damit die Hitze draußen bleibt und die Blumen länger halten. Auch um das Gotteshaus muss Marie noch fegen und die Pflanzen gießen. Der blaue wolkenlose Himmel verheißt einen schönen Tag und es soll wieder sehr warm werden.

„Eigentlich regnet es gern an diesem Tag, der Holderblüte wegen", sagt Franz, „aber heute wird es ein schöner Tag werden."

In großer Eile kommt schon der Pfarrer des Wegs: „Lasst doch die Glocken läuten!"

„Die haben wir ganz vergessen", und schon drückt er die Knöpfe am Tableau. Ein unüberhörbarer Glockenklang ertönt weit über den Ort hinaus und ruft zum Gottesdienst. Vor dem Eingang haben die Blutreiter den Himmel aufgespannt und die Erstkommunionskinder sitzen bereits in den vorderen Bänken. Kleine Mädchen kommen mit ihren Blumenkörbchen und nehmen Platz auf ihren Kinderbänken. Es sind nicht mehr so viele wie früher, doch immerhin lebt die Tradition in einigen

Familien weiter. Der Kirchenchor singt sich bereits ein, während Franz schon die Kerzen anzündet und alles nochmals kontrolliert. Es taucht immer wieder die Frage auf, ob alles an seinem Platz bereitsteht.

„Sind genügend Hostien bereit, steht die Monstranz, das kostbare Gefäß, in dem der Leib Christi durch die Straßen getragen wird, auf ihrem Platz?"

Ministranten in ihren roten Gewändern und weißen Chorröcken stehen schon bereit und das Weihrauchfass dampft.

„Still", mahnt Marie, alle sind still, nur Patrick hat noch etwas zu melden. Marie nimmt es ihm nicht übel. Sie kennt ihn seit seiner Geburt. Er ist ein aufgeweckter Lausebengel. Manchmal ist er so unruhig, dass sie ihn um die 270 Jahre alte Schlosslinde rennen lässt und danach ist er ruhig, lächelt sie an und sie lächelt zurück.

Die Orgel ertönt, der Gottesdienst beginnt. Der Chor singt Schubert und die Gemeinde singt mit. Viele sind heute gekommen und dennoch hätten noch einige Platz. Für Viele ist dieses Fest nicht mehr wichtig. Ein verlängertes Wochenende ist ihnen wichtiger. Vielleicht verstehen sie auch den Sinn dieses Festes nicht.

Der Festgottesdienst neigt sich dem Ende zu und die Gläubigen reihen sich in die Prozession ein. Jeder hat seinen Platz. Vor dem Himmel streuen die kleinen Mädchen ihre Blumen und bereiten dem Herrn, verborgen in der Hostie, die der Pfarrer in der Monstranz trägt, den Weg. Ministranten mit brennenden Kerzen begleiten ihn. Erstkommunionskinder folgen in ihren weißen Kutten.

Es folgen Abordnungen, Garde, gelbe Husaren und alles, was Rang und Namen hat. Den Schluss bilden Kleine und Große, Junge und Alte. Darunter mischen sich Fahnenträger und die Musikkapelle. Dr. Brunnwinckel beobachtet jeden, der an ihm vorbeikommt, schließlich kennt ihn noch niemand und das Ganze ist für ihn sowieso fremd.

„Was denkst du, Lenchen, warum sind so viele gekommen?"

„Ach, Waldemar, ich hoffe doch aus Liebe zu unserem Herrn."

„Und warum strahlen sie nicht mehr Freude aus? Schau dir doch die Gesichter an, leerer Blick, hängende Mundwinkel, kein Strahlen, nur ein Outfit mit Feiertagsfassade."

„Heute bist du kein Kommissar, wer weiß schon, welches Leid sie tragen und was ihre Herzen bewegt und ihre Seelen belastet. Komm, lass uns mitgehen."

Der Prozessionszug bewegt sich langsam durch den wunderschön geschmückten Schlosspark. Danach geht es durch die Straßen des Ortes. Die Glocken läuten. Die Anwohner haben ihre Häuser mit Tannengrün geschmückt und weißgelbe Fähnchen flattern an den Fenstern. Heute besucht der Herr jene Menschen, die krank, alt oder behindert sind und segnet auch die, die sich von ihm abgewandt haben. An den vorbereiteten Altären halten die Prozessionsteilnehmer an, beten und singen. Nach einer Stunde kehren sie wieder unter Glockengeläut und Begleitung der Musikkapelle in das Gotteshaus ein. Es ist noch früh am Vormittag, doch es ist schon sehr heiß.

Franz und Marie haben alles für die Wiederkehr vorbereitet. Der Pfarrer stellt die Monstranz auf dem Hochaltar ab und alle knien nieder. Sie beten, danken und singen das Te Deum: Dich, Gott, loben wir! Noch einmal nimmt der Geistliche die Monstranz in seine Hände und segnet alle Anwesenden.

Wie sie gedacht hatten, haben die Ministranten großen Durst. Sie alle trinken aus verschiedenen Flaschen. Patrick will Maries Limonade und sie schenkt sie ihm ein. Er hat wie immer großen Durst und trinkt gleich die gesamte Limonade aus.

Nachdem er sich umgezogen hat, beginnt er zu schwitzen, was bei dieser Hitze eigentlich ja normal ist.

„Marie, mir ist schlecht", jammert er noch beim Verlassen der Sakristei. Dann steigt er auf sein Fahrrad und braust davon. Aber er kommt nicht weit, fällt vom Rad und hat einen Krampfanfall. Jemand ruft den Notarzt und fast sofort danach ertönt das Martinshorn. Dr. Brunnwinckel kommt hinzu und fragt, was geschehen ist.

„Doktor, was ist mit dem Kind, wo bringen Sie ihn hin?" Die beiden sind alte Bekannte.

„Ich würde sagen, Herr Kriminalrat, es könnte sich um eine Vergiftung handeln. Er hat bereits das Bewusstsein verloren, schwitzt sehr und schauen Sie hier, weißer Schaum tritt aus dem Mund. Die Atmung ist flach und der Puls kaum zu fühlen. Wir müssen", ruft er dem Sanitäter zu und der Rettungswagen fährt so schnell es nur geht nach Ravensburg in die Klinik, wo er bereits erwartet wird. Unterwegs erleidet Patrick einen

Kreislaufkollaps und stirbt. Was für ein Gift? Der Notarzt hat alles versucht, um das Kind am Leben zu halten. Es spricht alles für ein schnell wirkendes Gift wie Aconitin und bei diesem Gift ist in 20 Minuten alles vorbei. Erst die Obduktion wird Genaueres ergeben.

Warten wir es ab. Die Klinik verständigt die Kripo und Kommissar Axel Schlotterbeck ist sogleich zur Stelle. „Und wer bringt den Eltern diese grausame Nachricht?" fragt er in die Runde. Keiner meldet sich. Was bleibt ihm übrig. Er greift zum Handy.

„Brunnwinckel hier."

„Entschuldigung Chef, das Kind aus Altshausen ist tot, könnten Sie vielleicht doch den Eltern…"

„Ja, ich gehe schon. Ach, Lenchen, es wird wieder nichts mit unserem freien Tag, aber ich komme, so bald ich kann zurück. Ich muss den Aktuars die traurige Nachricht überbringen. Immer ich. Wie ich das hasse. Zum Glück nicht mehr lange, nur noch ein halbes Jahr und dann haben wir beide endlich Zeit für einander."

Wie immer hat Lenchen Verständnis, dass ihr Mann diese traurige Pflicht erledigen muss. Vor allem dann, wenn es um den plötzlichen Tod eines Kindes geht, denkt sie an den Tod ihrer Tochter. Sie fühlt mit den Eltern von Patrick und schämt sich ihrer Tränen nicht.

Schnell verbreitet sich die Nachricht über Patricks Tod im Ort.

Franz gerät unter Verdacht und Marie ebenfalls. Marie befindet sich bereits im Flugzeug. Schon vor einem halben Jahr hat sie eine Reise nach Izmir gebucht. Nachdem Patrick die Sakristei verlassen hatte, war auch sie gegangen. Die eigentlichen Feste im Kirchenjahr waren mit dem heutigen Fest vorbei und Franz kann jetzt ohne sie zurechtkommen. Franz denkt, ich vermisse Marie jetzt schon, denn mit der Putzfrau kurz Pinocchio genannt, kann ich nichts anfangen. Sie glaubt wohl, weil ich alt bin, kann sie mich beschimpfen und Marie kann sie auch nicht leiden. Im Märchen bekommt Pinocchio eine lange Nase, weil er lügt, schade, denkt Franz, dass so etwas nicht im wirklichen Leben geschieht. Diese eine Woche halte ich aus, ich muss, sagt Franz, dann kommt Marie wieder und alles wird sich aufklären.

Der Airbus von Turkish Air ist bis auf den letzten Platz besetzt. Marie fliegt zum ersten Mal und hat fast so viel Angst wie ihre Nachbarin. Die beiden Frauen freunden sich an. Endlich startet das Flugzeug, nach 3 Stunden landen sie in Izmir und haben wieder Boden unter den Füßen. Jetzt nur noch schnell in den wartenden Bus und dann ab ins Terminal. Leider regnet es heftig. Der deutsche Reiseleiter begrüßt die Gruppe, gibt erste Informationen und dann fahren sie 1,5 Stunden ins Hotel nach Kusadasi. Jetzt nur noch schlafen und an nichts weiter denken. Doch Marie denkt an Patrick, sie fragt sich, warum dem Jungen schlecht geworden war. Der Regen hat aufgehört und im Hotel ist Ruhe eingekehrt. Die müden Reisenden können sich erst mal ausruhen, aber lange schlafen können sie nicht. Bereits um 7 Uhr gibt es Frühstück.

„Mein Gott", ruft Marie, „wer soll das alles essen!" So ein reichgedeckter Tisch mit allem, was das

Herz begehrt. Allerlei Brot, frische Brötchen, Früchte der Saison, Wurst, Käse, Eier auf verschiedene Art zubereitet, Kaffee, Milch, Tee und vieles mehr. Marie ist begeistert. Es ist ihr erster Urlaub im Ausland. Der Bus wartet schon. Bei herrlichem Wetter besuchen sie die antiken griechischen Stätten, die heute in der Türkei liegen wie Pergamon, die Akropolis, den Tempel des Trajan. Die überwucherten Steine zeugen heute noch von der hohen Kunst der Steinmetze. Neben dem damaligen Alexandrien befand sich hier eine Bibliothek mit circa 200 000 Bänden. Sie fahren weiter und besichtigen Priene mit dem Athena Tempel und Milet mit dem Theater. Jeden Tag bestaunen die Reisenden neue Sehenswürdigkeiten. Alles ist bestens organisiert. Auch ein Ausflug nach Troja steht auf dem Programm. Auf der Rückfahrt durch reizvolle Gebirge entlang der äolischen Küste nach Kusadasi bewundern die Reisenden die abwechslungsreiche Landschaft. Mal nur Steine, mal Hügel mit Olivenbäumen, dann Pfirsichbäume. Endlich sind sie zurück im Hotel. Am letzten Tag besuchen sie Ephesus. Marie kann es kaum erwarten. Wie oft hat sie die Briefe des heiligen Paulus an die Epheser schon gelesen, und jetzt ist sie selbst an diesem Ort.

„Würde Paulus die Stadt, seine Stadt jetzt sehen, ich glaube, er würde nur noch weinen", sagt Marie zu ihrer Nachbarin. Eine zerstörte Stadt, Stein an Stein. Der Reiseführer erzählt von ihrer Entstehung und von ihrem Zerfall. Der Sohn des Königs Kodros von Athen, Androklos und seine Freunde machten sich auf, um an der Küste Westanatoliens eine Stadt zu gründen. Zuvor befragten sie einen Wahrsager.

Ein Fisch und ein Wildschwein werden eure Wegweiser sein. Als sie nach langer Reise am Ufer des Kaystros ihre Fische brieten, sprang eines ins trockene Gras und setzte es in Brand. Ein Wildschwein sprang aus dem Gebüsch, um sich vor dem Feuer zu retten. Androkolos erlegte das Tier, erinnerte sich an die Weissagung, gründete an dem Platz eine neue Stadt und nannte sie Ephesus. Die reiche und berühmte Stadt wurde oft angegriffen und schließlich besiegt. Im Jahr 130 vor Christus wurde die Stadt dem Römischen Reich angeschlossen und dann von Kaiser Augustus zu Hauptstadt erklärt. Sie wurde zur größten Metropole Asiens mit 200 000 Einwohnern. Leider wurde sie im Jahr 262 von Goten dem Erdboden gleich gemacht und erholte sich nie wieder davon. Im ersten Jahrhundert nach Christus brachte Paulus den neuen Glauben in diese Region und Johannes wurde Bischof von Ephesus. Auch die Gottesmutter Maria verbrachte in der Nähe, etwa 10 km entfernt, einige Jahre ihres Lebens. Noch am Kreuz hat der Herr sie dem Apostel Johannes anvertraut, als er sprach: "Siehe da, deine Mutter" und „siehe da, deinen Sohn". Marie hätte von Herzen gern das Haus, in dem die Gottesmutter lebte, besichtigt, aber die Zeit ist zu knapp.

Der Reiseführer begleitet die Gruppe zu der Stelle, an der den Schriften nach Paulus stand und schließlich flüchten musste. Marie ist erschöpft und geht mit Lisa zurück zum Bus. Die beiden Frauen setzen sich auf einen Stein und ruhen sich aus. Plötzlich muss Marie lachen. Ein Hund mit einem großen Fladenbrot im Maul läuft auf sie zu und sucht nach einem Versteck.

„Siehst du, Lisa, er will einen Vorrat anlegen."

An der Bushaltestelle wird Granatapfelsaft angeboten. Die beiden trinken ein Glas des köstlichen roten Saftes. Langsam nimmt die Hitze ab und kühler Wind kommt auf. Im Bus wird wie immer abgezählt und wie immer fehlt jemand.

„Die Füße schmerzen, aber ich habe viel gesehen und erlebt und wer weiß, ob ich je wieder hierher komme", sagt Marie.

Lisa tröstet sie. „Sei nicht pessimistisch, Marie, nächstes Jahr sehen wir uns wieder."

Marie sagt: „Wer weiß, wer weiß?"

Es ist bereits Abend, der letzte Abend in der schönen Ägäis. Die Lichter der Stadt Kusadasi spiegeln sich im Meer. Das Buffet ist so reichlich gedeckt, es ist unmöglich, von allem zu probieren. Aber die unbekannten Süßspeisen, ja, die muss man einfach probieren. Marie will nicht an morgen denken und auch nicht an zu Hause. Sie genießt die letzten Stunden zusammen mit Lisa. Wer weiß schon, ob ich nochmals einen so schönen Urlaub genießen kann, denkt Marie.

Am nächsten Morgen geht es nach einem reichhaltigen Frühstück mit dem Bus nach Izmir zum Flughafen. Vorbei an grünen Oasen und Berghängen voller Olivenbäume. Im Tal sehen sie Pfirsichbäume dicht an dicht gepflanzt und reich bestellte Gemüsefelder. Sie sehen schöne Frauen mit wunderschönem Haar, die keine Kopftücher tragen.

Im Flugzeug sitzen Marie und Lisa wieder nebeneinander und halten sich an den Händen fest. Zum letzten Mal blicken sie auf die Ägäis zurück.

Was bleibt, ist eine schöne Erinnerung an einen wunderschönen Urlaub in einem fremden Land.

Marie ist noch nicht ganz wach, die Koffer sind noch nicht ausgepackt, da klingelt es schon an der Tür.

„Guten Morgen, Frau Müller, Kommissar Schlotterbeck, Kripo Ravensburg."

„Was führt Sie denn so früh zu mir?"

„Haben Sie die Vorladung nicht bekommen?"

„Welche Vorladung?" fragt Marie verwundert.

„Wir brauchen Sie für eine Zeugenaussage."

„Ich bin gestern erst aus dem Urlaub zurückgekommen. Entschuldigen Sie bitte die Unordnung."

„Ziehen Sie sich etwas an, ich muss Sie nach Altshausen mitnehmen. Mein Chef wartet schon."

„Was ist denn geschehen", will Marie wissen.

„Patrick ist tot."

„Aber warum denn?"

„Das wollen wir herausfinden."

Marie wird kreidebleich und muss sich setzen. „Ich verstehe das nicht", sagt sie.

Dr. Brunnwinckel hat bereits Franz vernommen und wartet ungeduldig in der Sakristei. „Endlich, guten Morgen, Frau Müller, ich bin Kommissar Brunnwinckel. Ich untersuche den Tod von Patrick."

„Das ist ja schrecklich."

„Wussten Sie es nicht, er wurde gestern beigesetzt."

„Wie denn. Ich sah ihn auf seinem Fahrrad davon brausen und ging sofort nach Hause. Meine Zeit war knapp. Ich musste zum Flughafen."

„Wann haben Sie denn diesen Urlaub geplant?"

„Schon vor einem halben Jahr."

„Wie war das nach der Prozession? Erzählen Sie mal."

„Alle Ministranten hatten Durst so wie immer. Franz hatte Getränke besorgt und ich die Trinkbecher. Patrick wollte aus meiner Flasche trinken und ich habe ihm eingeschenkt."

„Haben Sie selbst auch davon getrunken?"

„Nein, an dem Tag nicht, ich bin nicht dazu gekommen."

„Und wer trinkt sonst noch aus Ihrer Flasche?" will Brunnwinckel wissen.

„Niemand, es ist meine Trinkflasche. Am Tag zuvor habe ich daraus getrunken."

„Und es wurde Ihnen nicht übel?"

„Nein, Herr Kommissar. An was ist denn Patrick gestorben und wie?"

„Er ist erstickt. Ihre Limonade war vergiftet. Ich habe gehört, Sie seien eine große Pflanzenliebhaberin und kennen sich in Botanik aus."

„Ja, ich bin Floristin."

„Sie kennen sich auch mit Heil- und Giftpflanzen aus?"

„Ja, das auch und überhaupt alles, was mit der Natur verbunden ist, liebe ich. Von Tausendgüldenkraut bis zu den Orchideen."

„Und was ist mit Aconitin?"

„Den blauen Eisenhut, meinen Sie?"

„Ja, den meine ich."

„Und warum erwähnen Sie den blauen Eisenhut? Wenn ich das fragen darf, Herr Kommissar."

„Weil Patrick damit vergiftet wurde und Sie ihm die Limonade eingeschenkt haben. Verstehen Sie, Frau Müller, was das bedeutet?"

„In meiner Flasche war Gift?" Sie muss sich setzen. Franz, der daneben steht, bestätigt, dass Marie noch vor Beginn des Festes aus ihrer Flasche getrunken hatte. Um 18 Uhr haben beide die Kirche verlassen. Der Pfarrer kam ihnen beiden entgegen. Er wollte noch nach dem Rechten sehen.

„Woher wollen Sie denn die Uhrzeit so genau wissen, Herr Kuhlman?"

„Ganz einfach, die Glocken läuteten zu Angelus und das ist immer um 18 Uhr."

„Und wer hat einen Schlüssel zu diesem Raum?" will nun Schlotterbeck wissen.

Franz zählt die Personen auf: „Der Pfarrer, Herr Silberpfennig, ich natürlich und die Putzfrau."

„Und Frau Müller?"

„Nein, Marie hat keinen."

„Wie ist das mit den Oberministranten?"

„Vielleicht ein Ehemaliger, aber der ist irgendwo im Ausland. Ach, da fällt mir noch ein alter Ministrant ein. Er bringt vieles durcheinander und seinetwegen wurden schon viele Tränen vergossen. Nur ein Beispiel, Herr Kommissar. Er schimpft über die Geistlichkeit und dann legt er die Worte einer anderen Person in den Mund. Ich habe das auch schon erleben müssen."

„Nun, Frau Müller, Sie können nach Hause, aber halten Sie sich zu unserer Verfügung."

„Und wie komme ich jetzt nach Saulgau?"

„Kommen Sie, Frau Müller, ich habe Sie geholt und ich bringe Sie wieder heim."

Unterwegs schüttelt Marie immer wieder den Kopf.

„Was haben Sie denn?", will Schlotterbeck wissen.

„Ich verstehe das nicht."

„Was verstehen Sie nicht?"

„Hätte ich an diesem Morgen aus der Flasche getrunken?"

„Ja, dann wären Sie jetzt im Himmel", sagt Schlotterbeck ernst. „Und warum haben Sie nicht getrunken?"

„Ich hatte keine Zeit und keinen Durst. Der arme Patrick."

„Mochten Sie den Jungen?"

„Ja, sehr."

„Und die anderen, mochten die ihn auch?"

„Alle bis auf Silberpfennig, der wollte ihn aus der Ministranten Gemeinschaft entfernen."

„Warum denn?"

„Patrick war einfach zu lebhaft und brauchte mehr Zuwendung als die anderen."

„Ging Ihnen das nicht auf die Nerven?"

„Aber nein, Herr Kommissar. Er war doch so ein lieber Junge, eben anders als die anderen. Für seine Unruhe konnte er nichts. Sein strahlendes Lächeln entschuldigte alles."

In der Haggenmooserbreite, in einem Ort nahe Altshausen, hat aus einem verlassenen Bauernhof eine Frau jenseits von 50 ein Rosenparadies geschaffen. Das Wohngebäude ist zweigeschossig. Im Garten befinden sich blühende Rosenbögen und unzählige Stauden. Dahinter schließt sich ein Glashaus mit Orchideen an. Terrakotta Figuren schmücken das Anwesen und in der Garage befinden sich teure Autos. Niemand kennt diese Frau, selbst das neugierige Tagblatt beißt sich die Zähne aus. Rudolf Silberpfennig hat es sich zur Aufgabe gemacht, alle neu Hinzugezogenen zu besuchen und sie in der Gemeinde willkommen zu heißen. Er ist bei dem ersten Besuch überwältigt von der geschmackvollen Einrichtung und der gepflegten, gut aussehenden Frau. Im Wohnzimmer hängen Bilder an der Wand und er fragt nebenbei nach ihrem Ehemann und ob sie Kinder habe.

„Ich habe Kinder und mein Mann ist leider im Irak gefallen."

„Wollen Sie darüber sprechen?"

„Nein, jetzt noch nicht, vielleicht ein anderes Mal."

Nun besucht Rudolf Silberpfennig die fremde Frau jeden Monat. Irgendetwas verbindet die beiden, doch was?

Inzwischen hat sich Dr. Brunnwinckel in Altshausen gut eingelebt. Mit seiner Frau unternimmt er lange Spaziergänge, soweit es seine Arbeit zulässt. Immer gegen Abend begegnet man dem fremden Ehepaar bei einem Spaziergang im Ried und wenn die Zeit es erlaubt, auch auf dem Gehweg nach Hirschegg. Lenchen hat die neue Wohnung geschmackvoll eingerichtet, alle Umzugskartons verstaut, neue Gardinen genäht, aber auf Waldemar muss sie immer noch jeden Abend lange warten.

„Ach Lenchen", sagte er eines Abends, „dieser Fall wird mein letzter sein, aber ich muss ihn lösen, bevor ich mich zur Ruhe setze." „Hast du schon jemanden in Verdacht?"

„Schon, aber noch nichts Konkretes. Es gibt einige, die in Frage kommen, aber was ist das Motiv?"

„Beruhige dich, du kommst schon dahinter. Vielleicht geht es hier um Rache oder Wiedergutmachung, Geld oder Liebe. Und warum musste Patrick sterben?"

„Ich glaube", sagt Brunnwinckel, „er war zur falschen Zeit am falschen Ort."

Am nächsten Tag versammelt Dr. Brunnwinckel alle Verdächtigen in der Sakristei. Den Messner Franz, Marie Müller, die Putzfrau Magdalena Dürlewanger, die Franz und Marie Pinocchio nannten und Rudolf Silberpfennig. Außer Kriminalrat Brunnwinckel sind Kommissar Schlotterbeck, Sekretärin Tamaris und Igor von der Gerichtsmedizin anwesend.

„Also Herrschaften, Sie haben alle einen Schlüssel zu diesem Raum hier", stellt Brunnwinckel fest.

„Ich nicht", sagt Marie.

„Das ist mir bekannt", sagt Brunnwinckel. „Und wer hat außer Ihnen ebenfalls keinen Schlüssel?"

„Der Oberministrant noch."

„Ist das der im Ausland?"

„Ja", sagt Franz.

„Na gut. Sind Sie mit einer Speichelprobe einverstanden? Falls nicht, hole ich eine richterliche Verfügung. Auch Fingerabdrücke, bitte."

Igor nimmt die Speichelproben und die Fingerabdrücke. Tamaris notiert alles.

„Fangen wir bei Ihnen an, Herr Kuhlman. Sie sind schon in Rente und arbeiten immer noch. Warum, wenn ich fragen darf?"

„Warum, warum. Weil die Rente vorne und hinten nicht reicht, zum Leben zu wenig, zum Sterben zu viel."

„Und wie lange arbeiten Sie schon hier?"

„10 Jahre, Sie werden es nicht glauben, Herr Kriminalrat, aber es macht mir immer noch Freude."

„Erzählen Sie von Mittwoch vor Fronleichnam. Ist Ihnen jemand hier aufgefallen?"

„Nein, ich habe niemanden gesehen. Marie war schon gegangen, ich habe noch sauber gemacht und bin dann auch gegangen. Die Glocken läuteten zu Angelus, aber das habe ich Ihnen schon alles gesagt."

„Warum haben Sie sauber gemacht und nicht die Putzfrau?"

„Ach, Herr Kriminalrat, da hätte ich lange warten müssen, wenn es hier um Arbeit geht, haben die meisten eine Ausrede, so bleibt alles an mir hängen. Nur Marie hilft und das noch ehrenamtlich. Sie wird nur für ihre floristische Arbeit bezahlt, nicht für die viele Arbeit, die sie sonst noch erledigt."

Pinocchio blickt wütend in die Runde und rückt ihren Stuhl an den von Silberpfennig heran.

„Wollen Sie etwas sagen, Frau Dürlewanger?"

„Nein, nein, will ich nicht."

„Wo waren Sie an dem besagten Mittwoch? Haben Sie nicht mitgeholfen?"

„Nein, das ist nicht meine Arbeit."

„Und was bitte ist Ihre Arbeit?"

„Putzen, ja, ich bin zum Saubermachen hier."

„So, so zum Saubermachen sind Sie hier. Auch Sie gehören zum Kreis der Verdächtigen, denn auch

Sie hatten die Gelegenheit, die Limonade zu vergiften. Haben Sie mich verstanden?"

Pinocchio scheint Angst zu haben. „Ja, ich habe verstanden!" Sie schiebt ihren Stuhl ganz nah an den von Silberpfennig heran und sieht ihn an.

„Und nun zu Ihnen, Herr Silberpfennig", setzt Dr. Brunnwinckel die Befragung fort. „Welche Aufgabe haben Sie hier?"

Tamaris meldet sich. „Entschuldigung, Herr Kriminalrat, ich brauche noch die Personalien."

„Haben wir die noch nicht?"

„Nein, die fehlen noch."

„Also bitte: Name, Vorname."

„Rudolf Silberpfennig, Gemeindereferent."

„Ledig oder verheiratet?"

„Verheiratet."

„Und Kinder?"

„Keine."

„Und was machten Sie an dem Mittwoch? Waren Sie hier?"

„Ja."

„Die Uhrzeit bitte." Jetzt wird Brunnwinckel wütend und schreit ihn an. „Mensch, lassen Sie sich nicht jedes Wort aus der Nase ziehen. Was haben Sie an diesem Mittwoch genau gemacht?"

„Ich habe Krankenbesuche gemacht bis in den späten Abend."

„Sie sind doch kein Arzt, erzählen Sie einem Atheisten, was Sie bei Krankenbesuchen tun."

„Ich bringe den Kranken die heilige Kommunion und bete mit ihnen."

„Aber dann müssen Sie auch in die Kirche kommen."

„Ja, schon."

„Wann genau sind Sie in die Kirche gekommen?"

„Ich kann mich nicht genau erinnern, jedenfalls war ich um 19 Uhr zu Hause und habe mit meiner Frau zu Abend gegessen."

„Was macht eigentlich Ihre Frau den ganzen Tag?"

„Sie ist Lehrerin an einer privaten Schule."

„Und was unterrichtet sie?"

„Biologie und Religion."

Der Kommissar blickt auf seine Armbanduhr. Schon so spät und der Pfarrer fehlt immer noch.

„Ich habe ihn auch herbestellt", berichtet Schlotterbeck. In diesem Moment betritt der Pfarrer die Sakristei. Zuerst legt er seinen Panamahut auf die Ablage, danach begrüßt er kurz die Anwesenden. Marie würdigt er keines Blickes. Sie hatte sich Hilfe erhofft, aber die Unterlagen, die dem Pfarrer jetzt von seiner Sekretärin gereicht werden, verheißen nichts Gutes.

„Für mich sind Sie schuldig, Frau Müller, und so eine wie Sie kann ich in meiner Kirche nicht gebrauchen! Ab sofort will ich Sie hier nicht mehr sehen. Hier ist Ihre fristlose Kündigung."

Ein anderer Mitarbeiter des Pfarrers wirft ihr vor, dass sie schuld daran wäre, dass sie nicht genug Ministranten hätten. Der Pfarrer und seine Sekretärin nicken. Der Geistliche setzt wieder seinen Hut auf und verlässt mit seinen Mitarbeitern die Sakristei. Marie bricht in Tränen aus. So etwas hat sie nicht erwartet. Sie erfüllte doch stets seine Wünsche, auch wenn manches für sie schwer war. Sie hatte auf die Hilfe des Pfarrers gehofft. Jetzt ist sie am Ende ihrer Kraft. Die beiden Kommissare wundern sich über das Verhalten des Pfarrers, behalten aber ihren Unmut für sich.

„Sie können alle gehen, aber halten Sie sich zu unserer Verfügung. Frau Müller, Sie bleiben bitte. Auf der Flasche ist nur Ihre DNA, kein Wunder, es ist ja Ihre Trinkflasche. Warten wir die restlichen Vergleiche ab. Sie hatten früher schon Probleme mit dem Herrn Gemeindereferenten, Frau Müller? Haben Sie gestritten?"

„Oh nein, das liegt mir fern, er kann mich nicht leiden und ich weiß nicht warum. Oder es stimmt die Chemie nicht oder ich weiß zu viel. Zu Anfang meiner Tätigkeit hier war alles gut, aber seit einem halben Jahr versucht er, mich mit allen Mitteln loszuwerden."

„Und wie ist das mit den Ministranten?"

„Meinen Sie jemanden speziell, Herr Kommissar?"

„Ja, den, der jetzt im Ausland lebt."

„Oh ja, der hat vielleicht auch noch einen Schlüssel und leiden kann er mich auch nicht."

„Was haben Sie dem getan, Frau Müller?"

„Ganz einfach, ich weiß zu viel."

„Erzählen Sie", bittet Schlotterbeck.

„Ich mochte den Jungen recht gern. Er war auch ein lieber, netter Junge. Er war noch Schüler. Franz und ich hatten frei. Der Silberpfennig hat sich in der Zeit vertan und da sah der junge Mann, er hatte noch kein Abitur, seine Chance kommen, legte die liturgischen Gewänder an und zog mit Ministranten zum Gottesdienst in die Kirche ein, so wie ein

Pfarrer. Erst nach 15 Minuten kam Silberpfennig und führte den Gottesdienst fort. Es gab an diesem Abend viele Anrufe beim Franz und bei mir. Bei einer Meldung oder einer Anzeige wäre die kirchliche Laufbahn dahin. Vor vielen Jahren kam ein junger Mann wegen eines ähnlichen Falles in die Psychiatrie."

„Und was war dann?" fragt Schlotterbeck?

„Ich habe geschimpft, das so etwas nicht geht, er aber schickte mir eine SMS mit folgendem Wortlaut: Schnauze halten! An Weihnachten verlangte er vom Pfarrer meine Entlassung, sonst würde er noch etwas mit mir erleben."

„Und Sie haben darunter gelitten?"

„Ja, sehr!"

„Und was haben Sie dagegen unternommen?"

„Nichts, Herr Kriminalrat, bei solchen Menschen ist man machtlos. Denen ist alles recht, um weiter Karriere zu machen."

„Danke, Frau Müller. Wir sehen uns morgen wieder."

„Schlotterbeck, kommen Sie mit zur Kriminaltechnik, mal sehen, ob schon etwas ausgewertet ist. Na, wie weit sind Sie, Igor?"

„Fertig, leider sind nur die Fingerabdrücke der Frau Müller auf der Flasche."

„Das habe ich mir schon gedacht. Der wahre Täter trug wahrscheinlich Handschuhe und wir sind wieder am Anfang. Morgen, Schlotterbeck, will ich jeden der Herrschaften von heute einzeln in der Seestraße auf dem Kommissariat befragen."

„Auch den Pfarrer?"

„Den auch."

„Sorgen Sie bitte dafür, dass Frau Müller einige persönliche Sachen dabei hat."

„Sie werden doch nicht?"

„Doch, ich muss. Der Haftbefehl ist bereits ausgestellt. Es ist nur ihre DNA auf der Flasche."

Wut und Trauer wechseln sich im Hause Aktuars ab. Tag für Tag stehen die Eltern am Grab ihres Sohnes. Wer hat die Limonade vergiftet? Oder galt der Anschlag doch Marie, schließlich war es ihre Trinkflasche, in der sich das Gift befand. Heute steht Marie am Grab. Sie weint und betet und ihre Gedanken sind ganz bei dem Jungen. Sie hält ein kleines weißes Rosensträußchen, das sie gebunden hat, in ihrer Hand und ist so sehr mit der Trauer beschäftigt, dass sie die Eltern nicht bemerkt. Jetzt weinen sie zusammen. Seit vielen Jahren sind sie befreundet, helfen einander und ausgerechnet sie soll dieses Kind vergiftet haben, das sie schon von Geburt an kennt?

„Nein, Marie, beruhige dich doch. Du konntest nicht wissen, dass in deiner Flasche Gift war." Sie umarmen sich.

„Ich denke", sagt die Mutter, „es war für dich", und drückt sie fest an sich.

„Gib acht auf dich", bittet der Vater.

„Was! Ich soll auf mich acht geben, wo ich doch unter Verdacht stehe? Glaubt Ihr, das ist schön?"

„Was meinst du damit?"

„Wo ich hinkomme, gehen die Leute einen Schritt zurück, und dass sie mir nicht Mörderin nachschreien, wundert mich." Dabei wischt sie immer wieder ihre Tränen ab. „Überall werde ich gemieden, dabei habe ich nichts getan. Die Leute sagen, ich sei eine Hexe, nur weil ich mich in der Pflanzenwelt gut auskenne. Ich rechne damit, dass der Kommissar mich festnimmt."

Marie weint und fährt nach Hause. Sie hat niemanden, mit dem sie reden könnte. Schließlich ruft sie ihren Beichtvater an.

„Ich habe schon auf deinen Anruf gewartet, Marie. Wie geht es dir denn?"

„Sie können sich nicht vorstellen, wie es mir geht. Die Leute halten mich für schuldig. Und meine Arbeit in der Kirche habe ich auch verloren. Der Pfarrer kann eine wie mich nicht brauchen, so sagte er und übergab mir die fristlose Kündigung. Er hat mich einfach aus der Kirche geworfen."

„Aber in dem Blumengeschäft bist du noch?" will der Geistliche wissen.

„Ja, da arbeite ich noch. Jetzt, wo ich Hilfe brauche, wirft mich der Pfarrer hinaus. Ich ahne nichts Gutes, habe alle meine Wertsachen verkauft und das Geld auf das Girokonto gezahlt. Wer weiß, was noch auf mich zukommt."

Es klingelt an der Haustür. Marie beendet das Telefonat. Kommissar Schlotterbeck zeigt ihr den Haftbefehl. „Handschellen brauchen wir wohl nicht."

„Nein, ich komme mit, ich muss nur noch den Schlüssel zu meiner Nachbarin bringen." Sie wird in Ravensburg dem Haftrichter vorgeführt und in die JVA nach Hinzistobel gebracht.

Die Nachricht über Maries Verhaftung verbreitet sich in Windeseile. Die Altshauser Buschtrommeln funktionieren fabelhaft. Freude bei den einen, Trauer bei den anderen.

„Ja, ja, das habe ich doch gleich gesagt, diese scheinheilige Person, für immer gehört sie hinter Gitter. Hockt viel in der Kirche und vergiftet ein Kind. Lass mich mit dieser Betschwester zufrieden."

Die anderen halten dagegen. „Nein, Marie würde so etwas niemals tun. Sie muss hereingelegt worden sein. Man hat ihr schon öfter übel mitgespielt. Wer weiß, was wirklich dahinter steckt."

Pinocchio und Silberpfennig freuen sich. Marie ist endlich weg, jetzt nur noch Franz, er ist ja sowieso alt und eigentlich schon in Rente und dann ist der Platz frei, auf den Pinocchio schon lange wartet. Kein Putzen mehr und die paar Blumen schafft sie auch noch.

Franz kann es nicht fassen. Marie verhaftet, nein, lieber Gott, lass nicht zu, dass sie unschuldig verurteilt wird. Er nimmt Zuflucht bei dem Heimatheiligen Hermann von Altshausen und bittet um seine Fürsprache bei Gott. Wie jeden Tag zündet er auch heute eine Kerze an und bittet: Lieber Hermann, du bist doch so nah bei Gott, bitte für Marie, dass sie die Kraft hat, durchzuhalten und der Schuldige gefunden wird. Ich danke dir jetzt schon dafür. Von vielen Seiten gibt es nur Hiebe und üble Nachrede. Es tut weh.

In der Haggenmooserbreite liest am nächsten Morgen Frau Smid in der Schwäbischen Zeitung: Marie Müller wurde verhaftet und befindet sich in der JVA Hinzistobel. Frau Smid hat das Beten verlernt, zu grausam hat das Schicksal immer wieder zugeschlagen, doch jetzt will sie es noch mal versuchen. Sie zündet eine Kerze an und faltet die Hände:

Lieber Gott, ich habe lange nicht zu dir gebetet, aber heute bitte ich dich für Marie. Sei du mit ihr und hilf ihr.

Jemand klopft an der Tür, Silberpfennig will mit seinem monatlichen Besuch aufwarten.

„Sie, Herr Silberpfennig, nein, heute kann ich niemanden empfangen."

Sie weiß es schon, mal sehen, wie es weitergeht, denkt Silberpfennig.

Marie fügt sich, sie weiß, dass sie nichts Unrechtes getan hat. Sie muss durch einige Türen, bis sie auf der Frauenabteilung ankommt. Die Türen werden aufgeschlossen und hinter ihr fallen sie wieder ins Schloss. Sie folgt dem Beamten. Es gibt kein Entrinnen, und kein Davonlaufen. Es sind nur 15 Prozent Frauen in der JVA und 85 Prozent Männer. Die Anstalt liegt südöstlich von der Stadt Ravensburg in der Nähe von Hinzistobel. Es soll eine der modernsten Justizvollzugsanstalten in Deutschland sein. Die Anstalt kann bis zu 100 Personen aus dem Landgerichtsbezirk aufnehmen. Marie war noch nie mit dem Gesetz in Konflikt gekommen. Der Beamte übergibt sie der Leiterin der Frauenabteilung. Sie wird sofort zum Arzt gebracht.

„Hier, Herr Doktor, der Neuzugang und die Akte. Ich warte vor der Tür."

„Zuerst die Personalien. Ich muss Ihnen einige Fragen stellen", sagt der Arzt. „Wann sind Sie geboren?"

„Ich weiß es nicht genau."

„Und warum nicht?"

„Ich wurde an einer Kirche gefunden und dann wurde ich adoptiert."

„Kinderkrankheiten?"

„Die Üblichen halt."

„Präzise bitte."

„Masern und Windpocken."

„Na, geht doch. Wie groß sind Sie?"

„168cm."

„Gewicht?"

„68 kg."

„Jetzt ziehen Sie sich hinter dem Paravent bis auf die Unterwäsche aus, damit ich Sie weiter untersuchen kann."

Marie ist kalt. Sie ist nicht gewohnt, sich betasten zu lassen.

„Nehmen Sie Medikamente?"

„Nein, ich brauche keine."

„Und Kinder?"

„Keine."

„Und warum nicht?"

„Es hat sich nicht ergeben."

„Sie dürfen sich wieder anziehen." Er drückt auf den roten Knopf und eine Beamtin tritt ein.

„Kommen Sie, Frau Müller."

Marie folgt ihr in die Zelle mit Doppelbett. Der enge Raum erschreckt sie.

„Mein Gott, ist es hier eng", ruft sie aus.

„Sie sind hier nicht im Hotel", belehrt sie die Beamtin. Etagenbett, ein kleiner Tisch, zwei Stühle und ein Waschbecken. Die Toilette befindet sich hinter einer Tür. Wenigstens da bin ich allein, denkt Marie.

„Welches Bett darf ich benutzen?"

„Das Obere ist frei. Ihre Zellengenossin kommt auch gleich."

Wenigstens darf sie ihre Kleidung behalten. Das Fenster ist klein und dahinter ist gleich die hohe graue und hässliche Mauer. Vielleicht kann ich den Mond sehen, denkt Marie, oder vielleicht fliegt ein Vogel vorbei. Die Zellengenossin kommt, oh meine Güte, ob ich mit der zurechtkomme? Ich muss, was bleibt mir anderes übrig.

„Ich heiße Marie und du?"

„Ida." Die Frau ist noch jung und schlecht gelaunt.

„Was hast du ausgefressen?"

„Es ist eine lange Geschichte, ich erzähle sie morgen."

Sie werden um 6 Uhr früh geweckt. Alles muss zügig vorangehen. Eine gewisse Ordnung muss sein und Marie fügt sich. Die Beamtin ist freundlich und hilfsbereit. Die Zellen sind offen. Ich habe alles, was ich brauche. Nur die Freiheit, das höchste Gut ist mir genommen worden. Manche bekommen Besuch, ich habe niemanden. Jetzt bin ich schon vier Wochen hier, und nichts tut sich. Gut, dass mich mein Beichtvater manchmal besucht. Bald ist Weihnachten, wie gern hätte ich Franz beim Schmücken geholfen. Jetzt verschönere ich die Gänge der JVA.

Dr. Brunnwinckel reißt sie aus ihren Gedanken. Sie wird ins Verhörzimmer geführt.

„Wie geht es Ihnen, bekommen Sie manchmal Besuch?"

„Sie sind gut, Herr Kommissar. Ich habe doch niemanden."

„Aus der Gemeinde, meine ich."

„Wer soll mich da schon besuchen. Franz hat kein Auto, er hat mir einen netten Brief geschrieben und Patricks Mutter auch. Wie sieht meine Sache denn aus, wird es bald eine Verhandlung geben?"

„Ein halbes Jahr dauert die Untersuchungshaft im Regelfall."

„Nein, Herr Kommissar, so lange halte diese Enge hier nicht aus. Ich ersticke, dabei habe ich nichts verbrochen, verstehen Sie. Nichts! Haben Sie schon einmal daran gedacht, dass der Anschlag mir galt? Nur leider hatte ich keinen Durst an jenem Tag."

„Ja, Frau Müller auch daran habe ich gedacht, nur beweisen kann ich es nicht. Noch nicht."

„In der kommenden Woche will mich Herr Silberpfennig besuchen. Was sagen Sie dazu, Herr Kommissar?"

„Das wundert mich sehr."

„Ich glaube, Herr Kommissar, dass er sehr unglücklich ist. Er spricht nur wenig. Nur mit der Putzfrau versteht er sich glänzend und sie himmelt ihn an. Mich mag er nicht und hat alles versucht, mich loszuwerden, dabei arbeite ich nur ein paar Stunden in der Woche in der Kirche, nur dann, wenn eine Floristin gebraucht wird. Dem Franz helfe ich ehrenamtlich, weil ich die Arbeit in der Kirche liebe. Ich will damit Gott für das danken, was er erschaffen hat, die Schönheit der Natur, die vielen Blumen und Pflanzen. Bald kommt der Frühling", jetzt wird Marie traurig und sagt, „ich werde es sicher nicht mehr erleben."

„Wer sagt denn so etwas? Sind Sie krank?"

„Nein, aber die Tatsache, dass ich des Mordes beschuldigt werde und inzwischen fast 6 Monate hier einsitze, macht mich krank."

Dr. Brunnwinckel verspricht, mit dem Anwalt und dem Staatsanwalt zu reden. Es muss etwas geschehen. Auf der Rückfahrt in die Seestraße wird ihm klar, dass er handeln muss, ehe es zu spät ist.

Der hochgewachsene, schlanke Rudolf Silberpfennig kommt, um Marie zu besuchen. Seine große schwarze Tasche wird durchsucht, er muss seinen Ausweis vorzeigen und sein Handy abgeben. Es gelingt ihm, eine mit Aconitin gefüllte Insulinspritze mit hineinzunehmen und in einem unbeobachteten Moment die Kekse, die er im gefängniseigenen Kiosk gekauft hatte, damit zu präparieren. Er muss warten, bis ihn ein Beamter abholt.

„Sind Sie mit Frau Müller verwandt?"

„Nicht, dass ich wüsste." Im Stillen denkt er, was geht Sie das denn an? Dann wird er gebeten, im Aufenthaltsraum zu warten, bis Frau Müller gebracht wird. Sie ist blass und abgemagert. Er grüßt freundlich, erschrickt bei ihrem Anblick, fängt sich aber gleich wieder. „Geht es Ihnen nicht gut, Frau Müller, sind Sie krank oder haben Sie nicht genug zu essen?"

„Alles ist gut", sagt sie. Doch ihre Stimme will nicht so recht.

„Ich wollte nach Ihnen sehen und habe Ihnen Kekse mitgebracht. Hier, nehmen Sie!" Die Beamtin, nichts Böses ahnend, nickt.

Er bleibt nicht lange und spricht nicht viel. Warum kommt er erst jetzt, nach fast einem halben Jahr, was führt er im Schilde? Es ist mir egal, ich kann nicht mehr, denkt Marie. Gegen Abend kommt wieder ihr priesterlicher Freund und einziger Vertrauter. Und er bleibt dieses Mal lange. In der Anstaltskapelle beten sie miteinander, der Geistliche spendet ihr Trost und segnet sie. Am Ende ist Marie so erschöpft, dass sie beim Gehen gestützt werden muss und sich weinend verabschiedet. Um 21 Uhr werden die Zellen zur Nachtruhe abgeschlossen. Marie isst zwei Kekse, ihr wird schlecht und sie erbricht.

„Was ist mit dir?" will die Zellengenossin wissen. „Soll ich einen Arzt rufen?"

„Nein, nein mir ist nur schlecht. Es wird schon wieder, mach dir keine Sorgen. Ich habe Kekse bekommen, möchtest du auch welche?"

„Nein, Marie, ich mag keine Kekse, aber danke."

Der Kampf beginnt. Wer wird gewinnen? Der Tod oder das Leben? Franziskus begrüßt den Tod als den lieben Bruder und nicht als Feind. Ja, dann komm doch Bruder Tod und erlöse mich von meiner Qual. Mein Leben hat keinen Sinn, selbst dann nicht, wenn ich in dubio pro reo, im Zweifelsfall für den Angeklagten, freigesprochen werden sollte. Ein Makel bleibt und das schnürt mir die Kehle zu. Alle müssen einmal gehen, das ist gewiss. Nur wann, weiß niemand. Sie schläft nicht, versucht, ihren Rosenkranz zu beten und ist in Gedanken bei ihrem Heiland auf Golgatha. Mit beiden Händen umklammert sie das Kreuz. Du weißt, dass ich dich liebe. Sie betet weiter, weint und muss sich wieder übergeben. Vor 6 Uhr isst sie die letzten Kekse. In ihrem Kopf dreht sich alles im Kreis und kalter Schweiß durchnässt ihre Wäsche. Sie ringt nach Luft, zittert, ist ganz still. Die Zellengenossin geht duschen und ahnt nichts. Jetzt muss alles schnell gehen. Marie löst das Zingulum, die Gürtelschnur, die sie als

Mitglied des Dritten Ordens zusammen mit ihrem Leinenunterhemd trägt, macht daraus eine Schlinge und befestigt sie an der Kante ihres Bettes. Auf das Bett hat sie bereits einen Zettel mit einer Telefonnummer gelegt. Bitte hier anrufen. Ich kann nicht mehr. Dann legt sie die Schlinge um den Hals, faltet die Hände, blickt nach oben mit der Bitte um Vergebung und lässt sich unter Tränen fallen.

Die Zellengenossin kommt zurück und schreit. Die diensthabende Beamtin drückt den roten Knopf an der Tür. Kollegen eilen zu Hilfe und schneiden Marie ab. Der Arzt ertastet den Puls, prüft die Augenreflexe mit einer Taschenlampe, die Atmung mit einem Spiegel und die Herztätigkeit mit dem Stethoskop. Er schüttelt den Kopf. Marie ist tot. Dr. Brunnwinckel wird informiert und kommt sofort mit Schlotterbeck. Der Geistliche, dessen Telefonnummer auf dem Zettel steht, ist schon anwesend. Da liegt sie nun, ausgestreckt auf dem kalten Plattenboden mit Leinenhemdchen und Jeans bekleidet. Der Geistliche zieht sein Jackett aus, faltet es zu einem Kissen und legt es unter ihren Kopf, dann zeichnet er die Stirn sowie die Hände mit dem Krankenöl. Danach betet er die Sterbegebete und bittet die Anwesenden, das Vaterunser mit zu beten. Mühsam folgen sie der Bitte. Ihm selbst ist schwer ums Herz, selbst von einer schlimmen Krankheit gezeichnet, kann er seine Tränen nicht aufhalten. Er ist wohl der Einzige, der weiß, dass Marie unschuldig ist.

Dr. Brunnwinckel schreit die Anwesenden wütend an. „Was ist das für ein Strick und wo kommt er her?"

Der Geistliche beruhigt ihn, „das ist ein Zingulum, das die Ordensleute tragen."

„Sie war doch keine Ordensfrau. Wie kommt sie dazu, so ein Ding zu tragen?"

„Ja und nein, Herr Kriminalrat. Sie gehörte dem Dritten Orden des Heiligen Franziskus an und lebte ein zurückgezogenes Leben nach dessen Regeln. Dabei musste sie Eifersucht, Neid und Intrigen ertragen und wurde schließlich zur Mörderin abgestempelt. Das war letztendlich zu viel für sie."

Schlotterbeck ist da anderer Meinung. „Chef, ein Suizid kommt doch einem Geständnis gleich."

„Nicht immer, nein, mein Lieber, nicht immer." Er ist wütend, wütend auf sich selbst, weil er diesen Suizid nicht verhindern konnte, obwohl Marie eine Andeutung gemacht hatte.

In dieser JVA kommt es selten zu Selbsttötungen. In den letzten 10 Jahren hatten sich 5 Gefangene das Leben genommen.

Die Anstaltskapelle ist bis auf den letzten Platz besetzt. Viele Kerzen brennen. Der Geistliche betet und hat Mühe, die Tränen zurückzuhalten. Und als es heißt und in den Himmel mögen Engel dich geleiten, die Heiligen dich empfangen, stockt seine Stimme. Auch er macht sich Vorwürfe, zu wenig auf Maries Worte gehört zu haben.

Weil aus Maries Mund eine seltsame weiße Flüssigkeit tropft, ordnet die Staatsanwaltschaft eine Obduktion an und so wird der Leichnam nach Ulm in die Pathologie gebracht.

„Keine Mitteilung an die Presse", ordnet der Kriminalrat an.

Als die Zeitung dennoch am nächsten Tag berichtet, dass Marie Müller tot ist und gleich daneben die Frage steht, ob sie die Mörderin war, ist im Präsidium Feuer unter dem Dach.

„Wer ist dafür verantwortlich?" schreit Dr. Brunnwinckel.

Frau Smid in der Haggenmooserbreite traut ihren Augen nicht, als sie die Zeitung aufschlägt. Marie Müller ist tot, freiwillig aus dem Leben geschieden. Sie muss sich setzen. Die Nachricht zieht ihr den Boden unter den Füssen weg. Mein Gott, meine Marie! Im Artikel wird gefragt, wer die Kosten für die Bestattung übernehmen würde? Sie hat doch niemanden, vielleicht die Stadt Bad Saulgau? Soweit kommt es noch, sie greift zum Telefon und wählt.

„Ja, Brunnwinckel hier."

„Hier ist Frau Smid aus der Haggenmooserbreite. Soeben lese ich in der Schwäbischen Zeitung, dass Frau Marie Müller tot ist und keine Angehörigen hat."

„Das ist richtig."

„Hören Sie, Herr Kriminalrat, ich werde die Kosten übernehmen."

„Das ist nobel von Ihnen", sagt Brunnwinckel, „ich brauche Ihre Anschrift."

„Emma Smid, Haggenmooserbreite, Altshausen."

„Ich wohne auch in Altshausen."

„Ja, dann kommen Sie morgen vorbei und wir können alles Weitere besprechen."

„Und wie finde ich Sie, Frau Smid?"

„Es sind nicht einmal 10 Häuser und das mit den Rosenbögen, ja, da wohne ich. Sagen wir morgen um 10 Uhr."

„Einverstanden." Der Kriminalrat legt den Hörer auf und ruft nach Schlotterbeck. „Stellen Sie sich vor, soeben hat eine Frau Smid angerufen. Sie will die Kosten für die Beisetzung übernehmen."

„Und wie kommt Sie dazu?"

„Keine Ahnung, morgen weiß ich mehr."

Tamaris bringt einen braunen Umschlag. „Hier Chef, der Obduktionsbericht."

Er öffnet den Brief schnell. Was er jetzt liest, gefällt ihm gar nicht. „Das ist ja ein Ding. Schlotterbeck, lesen Sie selbst. Aconitin im Magen, verdammt, wo hat sie das denn her?" Die toxikologische Untersuchung ergab nur eine geringe Menge Gift und somit ist der Speichelfluss geklärt. Dr. Brunnwinckel steht auf, geht zum Fenster und wieder zurück, schüttelt den Kopf. „Wir haben etwas übersehen, Schlotterbeck, aber was? Vielleicht hatte sie Besuch oder war sie doch…", er spricht nicht zu Ende, nimmt seinen Mantel und fährt in die JVA.

Schon beim Pförtner erhält er die Information. „Herr Silberpfennig hat sie am Tag davor besucht."

„Könnte ich noch zur Leiterin der Frauenabteilung?"

„Aber sicher, Herr Kriminalrat."

Sie war bei dem Gespräch dabei. „Ja, Kekse hat er ihr gegeben, hat belangloses Zeug geredet und ist bald gegangen."

„Sonst ist niemand gekommen?"

„Nein, sie wurde einfach vergessen."

„Was hat die Zellengenossin zu berichten?"

„Das ist interessant, ich wollte Sie schon anrufen. Nach dem Besuch hätte sie 2 Kekse gegessen, es wurde ihr schlecht und sie hat sich übergeben."

„Wie viele waren es denn?"

„Ich glaube nur 4 Stück."

„Haben Sie in der Zelle noch welche gefunden?"

„Nein, nichts. Was hat die Obduktion ergeben?"

„Eine kleine Menge Aconitin im Magen."

„Sie muss nicht bei Verstand gewesen sein, als sie die Schlinge um den Hals legte." Die Beamtin ist ratlos, „wie kommt das Gift in ihren Magen? Die einzig plausible Erklärung sind die Kekse."

„Haben Sie denn welche in der Zelle gefunden?"

„Nein, Herr Kriminalrat."

„Na dann, auf Wiedersehen."

Es ist noch Winter. Die Wälder sehen aus als hätte sie jemand mit Puderzucker bestreut. Schneekristalle tanzen im Wind. Hungrige Krähen suchen auf den Äckern nach Futter. Dr. Brunnwinckel hat nicht mehr viel Zeit. Er muss unbedingt seinen letzten Fall lösen. Der Täter läuft immer noch frei herum.

Er fährt auf der B32 und biegt in die Haggenmooserbreite ein. Schon von Weitem sieht er das Anwesen. Gelbe Winterlinge blühen schon unter dem Magnolienbaum. Er klingelt. Frau Smid öffnet die Tür. Ihr dunkelbraunes Haar ist zu einem Zopf geflochten, sie ist sehr gepflegt und hat nur ein leichtes Make-up aufgelegt.

„Guten Tag, Frau Smid, Brunnwinckel ist mein Name."

„Kommen Sie, ich habe Sie schon erwartet."

„Sie haben mich angerufen wegen der Kosten für die Beisetzung der Frau Müller. Sind Sie mit ihr verwandt?"

„In gewisser Weise schon, aber das ist eine lange Geschichte."

„Wollen Sie sie mir nicht erzählen?"

„Doch, aber ein anderes Mal. Heute bin ich nicht in der Lage dazu. Ich bin fremd hier, kenne mich mit den Gebräuchen der Gemeinde nicht aus, deshalb möchte ich Sie bitten, Herr Kommissar, ob Sie nicht alles für die Beisetzung regeln wollen, damit Frau Marie Müller hier in Altshausen ihre letzte Ruhe findet."

„Ja, das mache ich gern."

„Frau Smid möchte einen weißen Sarg mit weißen Lilien auf dem Deckel, Gebete in der Salvator Kapelle mit anschließender Beisetzung auf dem Friedhof, scheuen Sie keine Kosten."

Dem erfahrenen Kriminalisten war die brennende Kerze auf der Kommode vor dem Bild eines Babys nicht entgangen, aber einen Reim konnte er sich noch nicht machen. Ich werde schon dahinter kommen. Niemand kennt diese Frau, nur, dass sie vermögend ist, ist nicht zu übersehen. Beim Hinausgehen kommt ihm der Silberpfennig entgegen. Jetzt versteht er die Welt nicht mehr, was will denn der hier. Aber warte, ich krieg dich schon.

Endlich ist Feierabend und Lenchen wartet mit dem Abendessen.

„Ein schwerer Tag?"

„Ja, und bei dir?"

„Nichts Besonderes. Du hast ja nicht mehr lange und dann haben wir viel Zeit für uns."

„Sicher Lenchen, sicher, aber diesen Fall muss ich erst noch lösen, eher gehe ich nicht in Pension."

„Würdest du mir einen Gefallen tun? Am Freitag ist die Beisetzung von Marie und ich möchte, dass du hingehst und die Sache aus dem Blickwinkel einer Frau betrachtest. Schlotterbeck und ich werden auch dort sein."

Es ist Anfang März. Die über 270 Jahre alte Schlosslinde trägt heute Trauer. Sie ist übersät mit Raureif und ihre Äste hängen bis zum Boden. Die Glocke der Salvator Kapelle ruft zum letzten Gebet. Franz hat alles vorbereitet. Er ist unendlich traurig. Viele Stühle sind leer geblieben. Er ist enttäuscht. Nur Wenige sind gekommen, unter ihnen auch Patricks Mutter. In der ersten Bank sitzt eine fremde schwarz gekleidete Frau. In der letzten Bank sitzen die Kommissare und Lenchen. Nur ein paar Neugierige haben in der Mitte Platz eingenommen. Und wo ist Silberpfennig und wo Pinocchio? Es gibt keine Orgelmusik und keinen Gesang. Warum auch. Für eine Mörderin und Selbstmörderin genügen die paar Gebete. Es ist ein trauriger Abschied. Jemand tuschelt, sie hat es nicht anders verdient. Früher hätte man sie außerhalb der Friedhofsmauer wie einen Hund begraben. Zum Glück haben sich in dieser Hinsicht die Zeiten geändert. Eine Andere erwidert, ja, diese scheinheilige Person. Auch vom Kirchengemeinderat gibt sich niemand die Ehre. Vergessen ist Maries Arbeit, ihr Idealismus, ihr Einsatz und auch der Pfarrer hält sich mit liebenswerten Worten zurück. Nach der kurzen Aussegnung bewegt sich der kleine Trauerzug unter dem Glockengeläut zum Grab. Der weiße Sarg ist kaum sichtbar unter der Fülle weißer Lilien. Einige Neugierige warten noch am Rande und reihen sich ein. Das Grab wird gesegnet, das Kreuz aufgestellt, jenes Kreuz, das sie so liebte und das ihr im Leben stets Halt und Frieden gab. Wenigstens darf sie in geweihter Erde ruhen. Ihre Arbeitskollegen aus der Stadt halten den Nachruf und legen Gebinde nieder. Danach verlassen alle bis auf die fremde Frau den Gottesacker. Nach einer Weile geht auch sie, setzt sich in ihr Auto und wartet, bis das Grab zugeschüttet wird.

Franz räumt die Kapelle auf, zieht seinen schwarzen Mantel an, nimmt das kleine rosarote Rosensträußchen und geht zum Grab. Einige Frauen stehen laut diskutierend vor dem Eingang. Die Unterhaltung ist nicht zu überhören.

„Das habe ich doch gleich gesagt, diese scheinheilige Person vergiftet ein Kind, nur weil sie selber keine hat."

Und die andere bestätigt die Version. „Das hat sie jetzt davon", meint die. „Ja, Franz, du kommst mit Rosen zu einer Mörderin, bist du noch bei Trost?"

„Und Ihr, habt nichts daheim zu schaffen, müsst hier über Tote üble Nachrede verbreiten, dabei habt Ihr keine Ahnung. Sicher kennt Ihr die Worte von Jesus Christus nicht, die da heißen: Für jedes unnütze Wort, welches unseren Mund verlässt, muss in der Ewigkeit Rechenschaft abgelegt werden. Und er sagt weiter: Die Zunge, das kleinste Organ, richtet einen nie wieder gut zu machenden Schaden an. Geht heim und betet lieber für die Verstorbene. Sie hat niemanden etwas Böses getan."

Franz lässt sich nicht so schnell unterkriegen. Er geht zum Grab, das bereits angehäuft und mit weißen Lilien bedeckt wurde. Auf dem schlichten Holzkreuz steht der Name Marie Müller. Am Grab sitzt die verschleierte Frau Smid auf einem Klappstuhl. Franz erschrickt, das hätte er nicht erwartet.

„Soll ich wieder gehen?" Er bleibt und legt die Rosen zu den Lilien. „Das waren ihre Lieblingsblumen", sagt er. „Wir haben zusammen gearbeitet und uns gut verstanden."

„Erzählen Sie mir von Marie, wie war sie?" Frau Smid will mehr über das Leben von Marie erfahren.

„Eine ganz normale junge Frau, die das Böse hasste und das Gute liebte. Im Großen und Ganzen lebte und arbeitete sie im Glauben an den barmherzigen und liebenden Gott. Für mich war sie wie eine Tochter. Warum sind denn nur so Wenige gekommen? Es ist beschämend, ein Verbrechen, das Marie angetan wurde und jetzt fühlt sich keiner schuldig. Es gab für Marie keinen Dank, keine Anerkennung, sicher, sie wurde für ihre Arbeit bezahlt, aber ein kleines Wort des Dankes hätte auch ihr gutgetan. Sie litt unter Intrigen, Eifersüchteleien und Missgunst."

„Gab es keine Gespräche mit den Mitarbeitern?" will Frau Smid wissen. „Oh doch, die Übeltäter haben aber immer Recht bekommen, sind gestärkt aus jeder Sitzung gekommen und konnten gleich weiter mobben. In der Kirche fühlen sie sich sicher. Wen wundert es, dass so viele der Kirche den Rücken kehren. Ich bin schon gespannt, wann ich an die Reihe komme, es wird sicher nicht mehr lange dauern. Jetzt muss ich aber wieder, gnädige Frau. Ich wünsche Ihnen viel Kraft. Es wird bald dunkel, wollen Sie nicht auch nach Hause, kommen Sie lieber Morgen wieder, man kann hier nichts mehr ausrichten."

„Das wäre geschafft, Lenchen, es war ein schwerer Tag."

„Das glaube ich dir gerne. Was mich allerdings interessiert, ist, wo der Silberpfennig abgeblieben ist. Pinocchio hat ebenfalls mit Abwesenheit geglänzt. Das sind mir schöne Mitarbeiter."

„Komm, Lenchen, lass uns doch bei einem Glas Rotwein weiter sprechen. Ich weiß nicht, meine Liebe", dabei entkorkt er die Rotweinflasche und schenkt ein. Hm, schmeckt gut, vielleicht etwas herb, stellt er fest. „Es geht mir nicht aus dem Kopf, warum Patrick sterben musste, und jetzt noch Marie. Es muss ein Geheimnis geben. Was meinst du, Lenchen. Ich kann auch nicht verstehen, warum Frau Smid die Rechnungen begleicht."

„Vielleicht", sagt Lenchen, „liegt die Angelegenheit schon viele Jahre zurück. Du weißt doch, wie das ist mit der Liebe in der Jugendzeit. Rechnen wir doch mal nach."

„Wie denn, wir haben doch keinen Anhaltspunkt."

„Welche Rolle spielt Silberpfennig?"

„Er ist mir neulich bei Frau Smid begegnet. Sie ließ ihn nicht ins Haus."

„Du musst sie nochmals besuchen, vielleicht erfährst du dann ihre Geschichte."

„Eines kann ich dir versichern, ohne den Fall gelöst zu haben, gehe ich nicht in Pension."

„Reg dich nicht auf, Waldemar, du schaffst das. Komm, lass uns schlafen gehen, morgen ist auch noch ein Tag."

Lenchen ist längst eingeschlafen, während ihr Mann immer noch über den Fall nachgrübelt. Marie lässt ihm keine Ruhe, dann kommt ihm ein Traum zu Hilfe. Er träumt:

Er steht am Gasthaus Schützen, Autos fahren im rasanten Tempo vorbei. Ihm gegenüber, auf der anderen Straßenseite steht Marie im langen weißen Kleid, das bis zum Boden reicht, mit offenen langen Haaren und in der Hand einen großen Strauß blauen Eisenhut. Wie eine Braut, auf ihren Bräutigam wartend. Über ihr das Schild- Haggenmooserbreite. Sie winkt, spricht etwas. Brunnwinnckel will sie verstehen, aber Autos fahren vorbei, es ist laut.

Lenchen wird wach, knipst die Nachttischlampe an. „Waldemar, was hast du, wach doch auf."

„Was ist denn, wo bin ich?"

„Im Bett. Du hast geträumt, bist klatschnass. War es so schlimm?"

„Ich hab es, die Lösung liegt in der Haggenmooserbreite. Ich habe Marie gesehen, wunderschön, wie ein Engel und sie hat mir zugewunken, ich solle hinüber kommen. Aber ich konnte nicht. Zu viele Autos fuhren vorbei."

„Jetzt schlafen wir noch und dann sehen wir weiter", bestimmt Lenchen.

Brunnwinckel kann nicht schlafen, grübelt und grübelt. Um 6 Uhr läuten die Glocken zu Angelus, der neue Tag beginnt. Es ist noch ruhig im Ort, nur die Hohenzollernbahn ist bereits in Richtung Bad Saulgau unterwegs. Noch im Schlafanzug schaltet er die Kaffeemaschine ein. Verflixt, warum läuft sie heute nicht. Ich brauche dringend Kaffee nach dieser schlaflosen Nacht. Er schaut nach, kein Wunder. Das Wasser fehlt. Er gießt nach und die Maschine meldet sich mit lautem Gluckern. Bis du mir den Kaffee lieferst, mache ich mich im Bad zurecht. Eine heiße Dusche wäre heute auch angebracht. Der Blick in den Spiegel verrät, oh ja, Brunnwinckel, du bist alt geworden und dein Haar ist ergraut und schütter geworden. Ach was, sei nicht so eitel, solange du täglich aufstehen kannst und munter bist, ist alles gut. Lenchen wird wach und sie frühstücken gemeinsam. Er hat heute keinen Hunger. Draußen wird es schon hell. Lenchen schenkt Kaffee nach.

„Vielleicht liegt die Lösung wirklich in der Haggenmooserbreite. Vielleicht solltest du auch Schlotterbeck mitnehmen."

„Gute Idee. Lass uns doch zu Ende frühstücken."

Sie geht zum Fenster, zieht die Gardinen zurück, „Waldemar, schau doch, die Sonne ist bereits aufgegangen und die Kastanienbäume an der Ebersbacherstrasse sind voller Raureif. Vielleicht kommst du heute früher heim und wir können einen Spaziergang wagen."

„Aber Lenchen, wir haben als Pensionäre noch genug Gelegenheit dazu."

„Sicher, aber dieser Tag kommt nie wieder."

„Ich tue, was ich kann. Versprochen."

Sie hilft ihm in den Mantel, er nimmt den Hut, noch ein Kuss und bis heute Abend.

Nun sitzen beide Kommissare im Wohnzimmer von Frau Smid. Sie trägt Trauerkleidung und man sieht an ihren geröteten Augen, dass sie viel geweint hatte. Und wieder brennt eine Kerze auf der Konsole.

„Darf ich Ihnen etwas anbieten? Tee oder Kaffee?"

„Kaffee wäre gut", meint Schlotterbeck und Brunnwinckel nickt.

Frau Smid läutet und Emilia erscheint. „Bringen Sie uns doch bitte drei Kaffee und Butterbrezeln."

„Oh ja, das ist gut", entwischt es Schlotterbeck und Brunnwickel stupst ihn.

„Noch nicht gefrühstückt, was?"

„Keine Zeit, Chef."

„Sagen Sie mal, Frau Smid, wer ist Emilia?"

„Meine Helferin aus Polen."

„Aus Polen?"

„Ja, Herr Kommissar. Ich beabsichtige in Kürze meine Schwiegereltern aus dem Seniorenstift zu mir zu holen. Sie haben viel für mich getan und jetzt möchte ich ihnen etwas zurückgeben und Emilia wird mir dabei helfen."

Auf einem Silbertablett bringt Emilia den frisch aufgebrühten Kaffee. Es duftet herrlich. Brunnwinckel fällt der Stapel alter Zeitungen auf dem Tisch auf, fein säuberlich aufeinander gelegt. Auf der Biedermeierkonsole stehen Bilderrahmen mit Fotos von Kindern und Erwachsenen. Davor brennen Kerzen.

„Sind das Ihre Kinder, Frau Smid?"

„Ja, es sind meine Kinder."

„Wollen Sie uns etwas erzählen?"

„Doch, aber die Erinnerung ist schmerzhaft, wenn auch das Ganze schon sehr lange zurückliegt.

Wo soll ich anfangen und wo aufhören, Herr Kommissar."

„Ganz von vorn, wir zwei sind gute Zuhörer."

„Es fällt mir schwer, aber ich will es versuchen."

Plötzlich ist es ganz still, dann beginnt Frau Smid zu sprechen:

„Ich war sehr jung damals in Heidelberg, meine Mutter war verstorben und ich kam in ein Kinderheim. Dort arbeitete ich als Helferin und wohnte außerhalb. Es war schon spät, ich nahm die Abkürzung durch den Park, um schneller daheim zu sein. Es war ungefähr um diese Zeit. Der Winter war vorbei, aber der Frühling ließ auf sich warten. Plötzlich packte mich jemand von hinten, drückte mir einen mit Chloroform getränkten Wattebausch auf das Gesicht. Als ich wieder zu mir kam, lag ich hinter einer Eibenhecke halb nackt und mit Blut verschmiert. Glauben Sie mir, ich habe mir das erste Mal ganz anders vorgestellt. Ich schleppte mich nach Hause, ich hatte es ja nicht weit und ich stand eine Ewigkeit unter der Dusche."

„Haben Sie keine Anzeige gemacht?"

„Nein, wozu auch. Sie wissen doch, es geht immer nur um die Täter, die Opfer dagegen bleiben auf der Strecke, werden vergessen und leiden ein Leben lang."

„So wie Sie", unterbricht sie Kommissar Brunnwinckel.

„Ja, ich auch. Nach circa 6 Wochen musste ich feststellen, dass ich schwanger war. Sie können sich den Schock nicht vorstellen. Ich war allein. Keine Eltern, mein Vater kam bei einem Unfall ums Leben und Mutter starb kurze Zeit später. Ich wurde immer dicker, es war nicht mehr zu verbergen und so log ich, nahm Urlaub, ich müsse abnehmen. Dann fuhr ich zu meiner Großtante nach Bad Saulgau und brachte das Kind mutterseelenallein zur Welt. Noch in der Nacht packte ich das Kind warm ein und setze es an der St. Johannes Kirche aus, versehen mit einem goldenen Kettchen und einem Zettel, auf dem stand: Ich heiße Marie. Ich habe es so hingelegt, damit es gleich gefunden wurde. Sie müssen wissen, am Mittwoch ist Markttag und die Händler kommen schon vor 6 Uhr, um ihre Waren vorzubereiten."

„Und wurde das Kind gefunden?"

„Ja, eine Stunde später. Polizeimeister Müller hat es adoptiert. Sie bekam alle Fürsorge und Liebe, die man sich nur vorstellen kann. Aber das Schicksal meinte es nicht gut mit ihr. Kaum war sie volljährig, verlor sie ihre Adoptiveltern. Der Kollege ihres Vaters hat sich dann um sie gekümmert. Den Rest wissen Sie ja."

„Haben Sie nie daran gedacht, sich zu offenbaren?"

„Nein, vergessen, vergeben können nur jene sagen, die so etwas nicht erleben oder besser gesagt, erleiden mussten. Mir ist ein Fall bekannt, wo das Kind ein Leben lang darunter zu leiden hatte. Das Mädchen musste die niedrigen Arbeiten verrichten, musste Beschimpfungen ertragen und konnte der Mutter nichts recht machen. Erst als die Mutter verstarb, erfuhr sie, warum. Erst jetzt wurde dem Mädchen klar, warum sie niemals liebende Zuwendung erhielt. Jedes Mal wurde die Mutter an die schreckliche Tat erinnert und konnte es nie vergessen."

„Wurde denn der Täter gefasst?"

„Ja, durch Zufall. Ich habe damals die Arbeitsstelle gewechselt, arbeitete als Kinderhelferin an der Uni und machte eine Ausbildung. In meinem Nachtdienst, wir waren mehrere, wurde eine junge Frau eingeliefert mit demselben Schicksal und an ihr konnte die DNA festgestellt werden und der Täter wurde gefasst."

„Ich erinnere mich noch vage daran, hatte gerade meine Doktorarbeit geschrieben. Heißen Sie Emma mit Vornamen?"

„Ja, so heiße ich. Ich bin damals fast wahnsinnig geworden, aber von meinem Kind wusste niemand."

„Und was ist mit dem Jungen auf dem Bild?"

„Den kennen Sie, Silberpfennig, Herr Kommissar."

„Das habe ich mir fast gedacht. Weiß er, dass Sie seine Mutter sind?"

„Ich glaube, er ahnt es. Sein Vater, Thomas, ein Medizinstudent an der Uni, hat sich damals sehr um mich bemüht und eines Tages wurde ich schwanger. Thomas brach sein Studium ab und verschwand bald nach der Geburt. Dann kam eine Karte von Übersee und nach Jahren die Todesnachricht vom Konsulat. Da stand ich nun mit dem Kind und seinen Eltern. Sie sorgten sich rührend um mich und um das Kind. Marie aber blieb mein Geheimnis, ihr Bild versteckte ich immer in der Wäsche. Dann kam Josef in mein Leben, heiratete mich auf der Stelle und nahm mich mit nach Florida. Rudolf blieb bei den Großeltern und wollte später von mir nichts wissen. Drüben musste ich erst die

Sprache erlernen, aber Josef half mir. Wir hatten eine schöne Zeit bis zu jenem Tag, an dem mein Mann in den Irakkrieg einrücken musste und nicht wieder kam."

„Hat Silberpfennig eine Familie?"

„Ja, hat er, Herr Kriminalrat. Seine Frau heißt Eva, eine Biologielehrerin."

„Und Kinder?"

„Nein, soviel ich weiß keine. Das Kind, das sie erwartete, kam zu früh und verstarb."

„Und was machen wir jetzt, Chef?" fragt Schlotterbeck, als sie das Haus von Frau Smid verlassen.

„Silberpfennig besuchen, was denn sonst?"

„Brauchen wir dafür einen Durchsuchungsbeschluss?"

„Nein, heute noch nicht. Guten Tag, Herr Silberpfennig. Dürfen wir hereinkommen?"

„Warum denn nicht? Gibt es etwas Neues?"

„Es kommt darauf an, was Sie wissen wollen."

Dr. Brunnwinckel schaut aus dem Fenster und bewundert den großen Garten. „Schön haben Sie es hier und einen schönen Garten haben Sie auch."

„Jetzt im Winter", sagt Silberpfennig, „schläft der Garten, aber wenn der Frühling kommt, dann blüht und grünt alles. Meine Frau Eva ist dann immer im Garten und arbeitet. Aber deshalb sind Sie ja nicht gekommen."

„Sie haben Recht. Ich habe eine Bitte", sagt Dr. Brunnwinckel. „Könnten Sie morgen um 15 Uhr zu Frau Smid in die Haggenmooserbreite kommen?"

„Ja, kann ich. Verraten Sie mir auch warum?"

„Morgen, Herr Silberpfennig."

„Also dann bis morgen. - Haben Sie gesehen, Schlotterbeck, alles sauber aufgeräumt."

„Das schon, nur er scheint ein wenig durcheinander zu sein. Etwas stimmt nicht mit diesem Mann. Bald werden wir es erfahren."

Silberpfennig weiß, oder zumindest ahnt er, dass die Kommissare ihm auf die Schliche gekommen sind. Er muss handeln. Erstmal Ordnung schaffen. Mit Eva redet er nicht viel. Sie versteht ihn auch nicht mehr. Seit diese Frau in Haggenmooserbreite angekommen ist, hat er sich sehr verändert, spricht aber nicht darüber und Eva kommt nicht an ihn heran. Es kommt ihr vor, als sei ihr Mann ganz weit fort und wenn sie ihm nahe sein will, schubst er sie weg. So geht sie abends in ihr Labor und bereitet sich auf die nächste Schulstunde vor.

„Du hast Recht, Lenchen, Träume sind keine Schäume."

„Wie meinst du das, Waldemar?"

„Erzähle ich dir morgen, wenn alles gut verläuft."

Am nächsten Morgen geht es im Büro des Kriminalrates hektisch zu.

„Heute, Schlotterbeck, muss alles klappen. Sie sorgen dafür, dass Polizeibeamte hinter dem Haus der Frau Smid bereitstehen. Natürlich in Deckung."

Alle haben um 14.30 Uhr ihre Plätze eingenommen, auch ein Rettungswagen mit zwei Sanitätern.

„Auch dieser Wagen muss in Deckung bleiben. Haben wir uns verstanden?"

„Ja, Chef, wird erledigt."

„Jetzt noch der Notarzt, der muss im Nebenzimmer auf mein Kommando warten. Er weiß, was er zu tun hat und bringt alles Notwendige mit."

Frau Smid ist aufgeregt und zweifelt, ob das, was sie vorhaben, gelingen kann.

„Es ist unsere einzige Chance, wir müssen es versuchen."

Silberpfennig ist pünktlich.

„Wollen Sie Frau Smid nicht endlich sagen, was Sie schon immer sagen wollten. Sie wissen doch, dass sie Ihre Mutter ist?"

Und Silberpfennig spricht, als hätte er nur darauf gewartet: „Gleich beim ersten Besuch, als ich das Bild des kleinen Jungen sah, habe ich zu Hause alle Alben durchsucht und dasselbe Foto gefunden."

Er schleudert Emma seine ganze angestaute Wut förmlich ins Gesicht. „Allein gelassen hast du mich, bist mit diesem Amerikaner abgehauen und wer weiß, wo du dich noch herumgetrieben hast." Er schäumt vor Wut, aber auch vor Verzweiflung und Enttäuschung.

„Warum sind Sie so wütend auf Ihre Mutter und fragen nicht einmal nach Ihrem Vater?", will Brunnwinckel wissen.

„Der ist doch tot, was soll die Fragerei?"

„Dass er Mutter und Sohn sitzen gelassen hat, interessiert nicht?"

„Sie hätte bleiben können, sich um mich kümmern wie andere Mütter. Aber nein, sie musste nach Florida."

„Du hättest ja nachkommen können, aber du wolltest es nicht", sagt Frau Smid. „Auf meine

Briefe hast du nicht geantwortet. Oder glaubst du, ich hatte es leicht drüben?"

Schlotterbeck hat genug gehört. Er will wissen, warum Marie Müller sterben musste.
„Ganz einfach. Sie sah meiner Mutter Emma ähnlich, ich konnte diesen Anblick nicht ertragen und als ich das Bild eines Babys hier sah, war mir klar, dass sie etwas mit mir zu tun haben müsste. Was habe ich nicht alles gemacht, um sie loszuwerden, aber sie ging nicht. Also musste ich etwas unternehmen."
„Und Patrick?"
„Das war ein Versehen. Er war zur falschen Zeit am falschen Ort."
„Ist Ihnen bewusst, was Sie getan haben?"
„Ein ganzes Leben habe ich mich nach Liebe und Geborgenheit gesehnt, habe eine nette Frau gefunden, aber nie und niemals kann sie das gut machen, was mir meine Mutter vorenthalten hat."
„Ich glaube", sagt Dr. Brunnwinckel, „wir haben genug gehört. Sie sind festgenommen, Herr Silberpfennig."
„Darf ich noch schnell zur Toilette?"
„Ja, gehen Sie nur."
Vom letzten Mal hatte er noch 10 ml Aconitin übrig für den Fall der Fälle. Er gießt es in einen Becher, mischt es mit lauwarmem Wasser und trinkt es in einem Zug aus. Mein Leben ist eh dahin. Eva ist ihm egal, er denkt nicht an sie und auch nicht an Gott. Kreidebleich kommt er wieder ins Wohnzimmer und setzt sich auf das grüne Sofa. Dr. Brunnwinckel lässt sich nicht täuschen. Jetzt muss er schnell

handeln und darf keine Zeit verlieren. Er ruft nach dem Notarzt, der im Nebenzimmer wartet. Der Arzt legt Silberpfennig auf die Seite, schiebt ihm den Magenschlauch hinunter und gießt über einen Trichter warmes, leicht gesalzenes Wasser ein, das der Sanitäter bereitgehalten hat. Silberpfennig erbricht den Mageninhalt.

„Haben Sie alles parat, Herr Doktor? Machen Sie schnell, er soll uns nicht hinüber entkommen."

Rudolf verliert das Bewusstsein, kalter Schweiß bedeckt seine Stirn und Wasserperlen rinnen über seine Wangen. Die Mutter tritt erst jetzt zu ihm, fährt ihm über das Haar und streichelt seine Wangen. Nicht einmal rasiert hat er sich heute. Er hat alles genau geplant.

„Aber ich war schneller", sagt Dr. Brunnwinckel und ordnet an, Rudolf schnell ins Krankenhaus zu bringen.

„Wird er durchkommen?" will die Mutter wissen.

„Ich habe getan, was ich konnte", versichert der Notarzt, „den Rest macht ein anderer und zeigt mit dem Finger nach oben."

Der Rettungswagen steht vor dem Eingang. Rudolfs Atmung ist flach, der Puls kaum fühlbar. Eine Sauerstoffmaske wird angebracht, der Kreislauf wird stabilisiert und eine Infusion angehängt. Das Gift muss hoch konzentriert gewesen sein. Es wirkt über die Nervenbahnen. Sie kommen noch rechtzeitig im Krankenhaus an.

Am nächsten Tag kommt Rudolf langsam zu sich, schaut einmal auf und ist gleich wieder weg.

Emma saß die ganze Nacht neben ihrem schlafenden Sohn und hielt seine Hand. Sie hofft, dass er überleben wird. Immer wieder kommt ein Arzt vorbei, prüft die Reflexe und tröstet Emma. Regelmäßig wird Blut abgenommen und eine neue Infusion gelegt. Sie möge doch heimgehen, bittet sie einer der Ärzte, sich ausruhen und dann zur Nacht wiederkommen.

„Und wenn er aufwacht?"

„Nein, Frau Smid, er wird das Bewusstsein noch lange nicht wieder erlangen. Seine Leber arbeitet jetzt auf Hochtouren, um das Gift auszuscheiden. Wir müssen Geduld haben."

Dr. Brunnwinkel und Kommissar Schlotterbeck informieren Eva Silberpfennig. Sie ist erstaunlich gefasst.

„Ich bin froh, dass das Ganze ein Ende hat. Seit einem halben Jahr hat sich mein Mann sehr verändert und ich wusste nicht, warum. Er sprach kaum, und wenn er etwas sagte, dann waren es nur Schimpfworte, die sich gegen Frauen richteten. Er hat die ganze Wut auf seine Mutter auf andere projiziert und wenn dann noch jemand Ähnlichkeit mit ihr hatte, ja dann gute Nacht."

„So wie Marie?"

„Ja, Herr Kommissar, so wie Marie."

„Wussten Sie, dass Marie seine Halbschwester war?" fragte Schlotterbeck.

„Nein, wie denn. Er sprach nicht darüber, und fragen durfte ich nicht. Ich zog mich abends in mein Labor zurück und bereitete mich auf den Unterricht vor. Er war voller Wut, sehr aggressiv, wegen jeder Kleinigkeit verlor er die Kontrolle und er wollte sich rächen. Er hat nie überwunden, dass seine Mutter ihn damals bei den Großeltern ließ und nach Florida ging. Er wollte ihr das heimzahlen und war wie besessen davon. Er war anfangs sehr interessiert an meiner Arbeit, später war ihm alles egal. Kann ich meinen Mann im Krankenhaus besuchen?"

„Gewiss, kommen Sie, wir fahren Sie hin. Wir wollten auch ins Krankenhaus fahren."

Emma sitzt unentwegt am Bett ihres Sohnes und hofft, dass er aufwacht. In jungen Jahren war er am Pfeifferschen Drüsenfieber erkrankt, einer eher seltenen Infektionskrankheit mit guter Prognose. Bei jedem ist der Heilungsprozess anders. Bei Rudolf führte die Erkrankung zu einer Leberzellschädigung. Das Gift und die Folgen der Infektionskrankheit sind für seinen Körper zu viel.

Eva betritt zusammen mit den Kommissaren das Krankenzimmer ihres Mannes. Die beiden Frauen begegnen sich zum ersten Mal, aber sie haben das Gefühl, sich schon lange zu kennen. Ihre Sorge gilt jetzt Rudolf, der immer noch tief schläft. Seine weiße Haut ist inzwischen gelb wie Mais, er hat hohes Fieber und sein Atem geht schwer. Gegen Abend bewegen sich beim Atmen auch die Nasenflügel, ein Zeichen für eine Lungenentzündung. Der Arzt schüttelt den Kopf und verlässt das Zimmer. Der Beamte vor der Tür wird nach Hause geschickt.

„Was soll es, der kann uns nicht entwischen", meint Dr. Brunnwinckel.

Die Frauen stehen an seinem Bett und wissen nicht, ob sie ihn berühren sollen oder nicht. Der Tod spaziert bereits im Flur und wartet auf seinen

Einsatz. Er muss nicht lange warten. Rudolf stöhnt, sein Körper bäumt sich auf und fällt zurück. Es ist vorbei. Eva ist gefasst. Sie hält noch seine vom Schweiß klebende Hand fest. Emma sitzt regungslos auf ihrem Stuhl und weint.

„Ich habe alles in meinem Leben falsch gemacht", klagt sie.

„Weinen Sie nur", sagt Brunnwinckel, „halten Sie ihn nicht zurück, lassen Sie ihn gehen."

Noch einmal umarmt sie ihren Sohn, küsst seine Wangen und schließt seine Augen für immer. Schlaf gut, mein Sohn und verzeih deiner Mutter. Nach altem Brauch öffnet sie die Fenster, damit die Seele zu ihrem Schöpfer heimkehren kann. Die anwesenden Ärzte und die Schwestern bitten die beiden Frauen und die Kommissare zu gehen. Rudolfs Leichnam muss nun von den Schläuchen und den Apparaturen befreit werden. Unzählige Dokumente sind auszufüllen. Die beiden Frauen haben schwere Tage vor sich.

Brunnwinckel hat nun seinen letzten Fall gelöst. Eigentlich könnte er zufrieden sein mit sich und dem gelösten Fall, wäre da nicht Marie, an die er immer wieder denken muss. Der Frühling hat Einzug gehalten, es grünt und blüht, soweit das Auge reicht. Die Landwirte bestellen wieder ihre Felder, die Gärtner die Parkanlagen und die Vögel bauen Nester. Ich werde den Frühling nicht mehr erleben, hatte sie gesagt, so, als hätte sie gewusst, was kommen würde, und ich habe es nicht verhindert. In Altshausen Süd verlässt er die B32. Lenchen hat heute schon lange auf ihn gewartet, aber jetzt ist er daheim. Den ganzen Tag hat er nicht an Essen gedacht, aber jetzt, bei dem köstlichen Duft aus der Küche, merkt er, dass er Hunger hat. Lenchen braucht nicht zu fragen, wie war der Tag, sie sieht es ihm an. Abgekämpft, restlos geschafft. Es gibt die Altshauser Spezialität, saure Kutteln und Bratkartoffeln. Dazu Lemberger aus dem Hause Württemberg. Er schenkt den dunkelroten Wein ein, hebt das Glas und prostet seiner Frau zu: „Auf dich, Lenchen."

Sie genießen das Essen, den Wein und freuen sich auf die bevorstehende Pensionierung. Auf einmal flackert die brennende Kerze auf dem Tisch. Lenchen steht auf und schließt die Terrassentür.

Brunnwinckel sagt: „Rudolf ist tot."

Sie geht auf ihn zu und antwortet: „Er ist dir also doch entwischt. Mach dir nichts daraus, seiner gerechten Strafe entgeht er nicht."

Nach Brunnwinckels Pensionierung haben die beiden viel Zeit. Sie unternehmen lange Spaziergänge im Ried, bewundern die Weißstörche bei ihrer Futtersuche und genießen den Duft des frisch gemähten Heus. Manchmal besuchen sie die Salvator Kapelle und danach Patrick, Marie und Rudolf. Und manchmal treffen sie dabei auf die alten Silberpfennigs, begleitet von Emma und Eva. Ab und zu sitzen sie am Hartweiher auf einer neu gezimmerten Bank, betrachten die Enten und können sich an den blühenden Seerosen nicht satt sehen. Bei schlechtem Wetter packen sie ihre Badesachen und gehen in die Therme der Stadt Bad Saulgau.

Franz hat von heute auf morgen die Kirchenschlüssel hingeworfen.

„Mit mir nicht mehr", sagte er, „sucht Euch einen anderen."

Pinocchio freut sich, sie ist endlich am Ziel. Doch sie täuscht sich, denn sie wird nicht befördert, sondern erhält einen neuen Vorgesetzten. Die Intrigen und Sticheleien haben nichts gebracht. Aber sie hat es immer noch nicht begriffen: Mobbing lohnt sich nicht. Ein Sprichwort sagt: Wer heute mobbt, wird morgen selbst gemobbt werden.

Danksagungen

Herzlichen Dank an

Herrn Edgar Keppeler
Ehemaliger Leiter der Kripo Sigmaringen

Herrn Alexander Boger
Ehemaliger Leiter der JVA Hinzistobel

Meiner Tochter Anette Elisabeth
für die psychologische Begleitung.

Frau Angela Hoffmann
für die Beratung und das künstlerisch-stilistische
Lektorat

Herrn Rechtsanwalt Meinrad Mayer, Frankfurt